Dieu, c'est par où?

nouvelles

François Lavallée

Dieu, c'est par où?

nouvelles

Guy Saint-Jean
ÉDITEUR

Catalogage avant publication de Bibliothèque et Archives Canada

Lavallée, François, 1963-

    Dieu, c'est par où?

    ISBN-13 : 978-2-89455-223-0
    ISBN-10 : 2-89455-223-8

    I. Titre.

PS8573.A791D53 2006   C843'.6   C2006-941155-7
PS9573.A791D53 2006

Nous reconnaissons l'aide financière du gouvernement du Canada par l'entremise du Programme d'Aide au Développement de l'Industrie de l'Édition (PADIÉ) ainsi que celle de la SODEC pour nos activités d'édition. Nous remercions le Conseil des Arts du Canada de l'aide accordée à notre programme de publication.

Gouvernement du Québec — Programme de crédit d'impôt pour l'édition de livres — Gestion SODEC

© Guy Saint-Jean Éditeur Inc. 2006
Conception graphique : Christiane Séguin
Révision : Nathalie Viens
Dépôt légal — Bibliothèque et Archives nationales du Québec,
Bibliothèque et archives Canada, 2006
ISBN-13 : 978-2-89455-223-0
ISBN-10 : 2-89455-223-8

Distribution et diffusion
Amérique : Prologue
France : Volumen
Belgique : Vander Diffusion S.P.R.L.
Suisse : Transat S.A.

Guy Saint-Jean Éditeur inc.
3154, boul. Industriel, Laval (Québec) Canada. H7L 4P7. (450) 663-1777.
Courriel : saint-jean.editeur@qc.aira.com – Web : www.saint-jeanediteur.com

Guy Saint-Jean Éditeur France
48, rue des Ponts, 78290 Croissy-sur-Seine, France. (1) 39.76.99.43.
Courriel : gsj.editeur@free.fr

Imprimé et relié au Canada

Merci à tous mes lecteurs proches,
dont les commentaires m'ont éclairé
et les encouragements soutenu
tout au long de la rédaction
de ces nombreuses nouvelles.

Merci en particulier à Sylvie, dont
la résilience contre les jérémiades est
hors du commun, dont la présence
constante a été inestimable et dont
la personnalité, le cheminement et les
réflexions ont constitué pour moi une
source permanente d'inspiration.

Sur le nez

Il y a des gens pour dire que la qualité d'une œuvre d'art, c'est une question de goût. Ce n'est pas mon avis. Il existe des œuvres tellement belles, tellement grandes que je ne comprends pas que tant de gens ne les connaissent pas. Je ne comprends pas que mon voisin, ma sœur, mon patron, les punks dans la rue, tous ces gens de mon quartier qui vivent un quotidien sans relief ne pensent pas à illuminer leur vie avec une symphonie de Beethoven ou une pièce de Racine.

On écoute des chansons qui s'appellent *La vie est laide* et on prend l'autobus en se disant que, décidément, la vie est bien laide.

Et si on écoutait autre chose ?

Prenons *Cyrano de Bergerac*. Exemple parfait d'œuvre parfaite et parfaitement méconnue.

L'autre jour, j'aperçois la cassette de ce film à mon club vidéo. Il y avait bien cinq ou six ans que je n'avais pas vu ce film. Je ne pouvais pas comprendre que la cassette fût là, qu'elle ne fût pas sortie, pendant qu'il y avait des clients, là, dans la boutique, à chercher vaguement quelque chose à regarder.

Je levai un bras, je pointai la cassette de l'autre main et je pris mon souffle pour dire à tout le monde : « Ici ! Qu'est-ce que vous attendez ? Il y a un bijou ici ! C'est tout en vers, c'est doux, c'est chaud, c'est de la musique, et puis c'est une histoire d'amour touchante, ça fait pleurer, c'est beau et cruel tout à la fois, c'est dur et sublime, c'est incroyablement bien écrit, c'est bien structuré, c'est plein d'action, c'est amusant, il y a de tout là-dedans ! Mais que cherchez-vous d'autre à la fin ? »

Mais égoïstement, je ne dis pas un mot. Ce soir-là, je garderais le film pour moi. Mieux que cela : je ferais découvrir ce chef-d'œuvre à mes enfants. Ils apprécieraient certainement, entre autres, le duel avec la ballade impromptue : « À la fin de l'envoi, je touche ! »

C'est donc triomphant que je brandis la cassette en rentrant à la maison :

— Les enfants, il faut que vous écoutiez ça ! C'est vivant, c'est bien écrit, c'est extraordinaire et c'est avec Gérard Depardieu !

Jonathan jette un coup d'œil sur le titre. Et n'arrive pas à le déchiffrer.

— Cy... Cyra... Qu'est-ce que c'est que ça ?

— Ce n'est pas grave, tu vas voir, c'est très bon.

Maxime, un peu plus vieux, lit d'une traite :

— *Cyrano de Bergerac* ! Beuh ! Qui peut avoir envie d'écouter un film qui a un titre pareil ?

— Regardez, au moins, avant de juger ! C'est très bon, je vous dis, laissez donc tomber vos préjugés et vos films insignifiants de Jackie Chan !

— T'as jamais vu de films de Jackie Chan !

Il était évidemment inutile de répondre à cette dernière réplique. Finalement, je réussis à mobiliser toute la famille dans le salon et, d'un geste presque théâtral, je glisse la cassette dans le magnétophone. Ils vont voir.

Il y a déjà du mouvement dès le début. De temps en temps, je fais revenir la cassette, sans entendre les soupirs des enfants, pour mieux goûter ou regoûter tel ou tel vers. Après vingt minutes, je lance :

— Vous ne trouvez pas ça génial, à quel point ça a l'air naturel, et pourtant tout rime ?

— Hein, ça rime ? me répond-on tout étonné.

Puis arrive ce dialogue savoureux où Christian, jeune recrue de la compagnie des Gascons, harcèle constamment Cyrano en complétant ses phrases par le mot « nez », mot que Cyrano, à cause de son appendice nasal démesuré, abhorre dans la bouche de tout autre homme que lui-même.

CYRANO

Et les quais n'étant pas du tout illuminés,
Mordious ! on n'y voyait pas plus loin...

CHRISTIAN

Que son nez.
[...]

CYRANO

Je disais donc... Mordious !... que l'on n'y voyait rien.
Et je marchais, songeant que pour un gueux fort mince
J'allais mécontenter quelque grand, quelque prince,
Qui m'aurait sûrement...

CHRISTIAN

Dans le nez...

CYRANO

Une dent,—
Qui m'aurait une dent... et qu'en somme, imprudent,
J'allais fourrer...

CHRISTIAN

Le nez...

CYRANO

Le doigt... entre l'écorce
Et l'arbre, car ce grand pouvait être de force
À me faire donner...

CHRISTIAN

Sur le nez...

CYRANO

Sur les doigts.
[...]
J'en estomaque deux ! J'en empale un tout vif !
Quelqu'un m'ajuste : Paf ! et je riposte...

CHRISTIAN

Pif !

« Pif ! » Je jubile. Je fais *rewind* et je réécoute ce dialogue. Je n'en ai jamais assez. En plus, Jonathan était allé se chercher un verre de quelque chose et avait manqué la chute. *Rewind* encore. Je m'emporte en jouant fébrilement avec les boutons de la télécommande. Tellement que la cassette s'emmêle et qu'on ne voit plus rien.

De la neige, seulement de la neige, avec un son grave et douteux qui s'étire.

— Attendez, attendez, on va voir la fin.

Rien à faire, j'ai beau jouer à tic-tac-toe sur la télécommande, la cassette ne fait plus rien.

Je dois me résigner, grand bricoleur devant l'Éternel, à débrancher le magnétoscope, à l'ouvrir et à extirper la cassette de ses entrailles.

— Papa, est-ce qu'on peut aller jouer au GameCube?

Répondant à mon regard déçu et sévère, Maxime ajoute d'une petite voix :

— ... en attendant?

— OK, allez-y!

Je n'ai jamais ouvert ce genre de machin de ma vie. Mes tournevis sont à l'autre bout du monde. Les fils de l'appareil sont trop courts : je serai obligé de débrancher, mais je risque d'être trop coincé au moment de rebrancher.

Je finis par ouvrir le boîtier. Quel tohu-bohu ! La bande magnétique passe par toutes sortes de détours, et je ne sais pas lesquels sont normaux. Je joue avec, je tire, je détortille, je tourne les bobines dans un sens, dans l'autre, j'appuie sur les boutons, je tire un peu plus fort, j'entends ma femme qui y va de ses suggestions sans même voir où j'en suis, je tire un peu plus fort, va falloir que ça passe ou que ça casse...

Ça casse.

Je ne sacre jamais. Par ailleurs, dans les circonstances, «mordious» risque de ne pas être assez fort. Je me contente donc d'une exclamation aussi tonitruante qu'inintelligible.

Les enfants montent à la course. Je suis rouge et j'ai de la fumée qui me sort des narines. Ils voient tout de suite le problème. Jonathan dissimule mal son soulagement de ne pas être obligé de voir la suite du chef-d'œuvre. Maxime, plus pragmatique, me demande :

— Qu'est-ce que tu vas faire, papa?

En toutes circonstances, un papa doit donner l'exemple. J'ai donné l'exemple en ouvrant la vile machine moi-même, je poursuivrai dans la même veine :

— Nous n'avons pas le choix, mon garçon : papa va devoir prendre ses responsabilités.

— Ça veut dire quoi?

— Que je vais rapporter la cassette honnêtement au club vidéo et dire au préposé ce qui s'est passé.

— Tu seras pas gêné?

Il était évidemment inutile de répondre à cette question.

* * *

J'entre dans le club vidéo en affichant un savant dosage de désinvolture et de contrariété :

— Votre cassette, que vous m'avez louée, elle est brisée.

— C'est vous qui l'avez brisée?

— Mais non. Elle était comme ça quand j'ai ouvert le boîtier.

Le préposé est sceptique, mais il veut rester poli. De

mon côté, mon cerveau droit me crie que mon forfait est inscrit sur mon front, tandis que son homologue de gauche lui dit d'aller se rhabiller, que le plus important c'est d'avoir l'air sûr de moi, que le type n'a aucun moyen de savoir si c'est moi ou le précédent preneur qui est responsable des dégâts. Surtout, rester calme.

— Vous êtes sûr ?

Mes deux cerveaux sont d'accord : c'est le temps de passer à l'attaque. Je lève le ton :

— Bien sûr que je suis sûr, je ne suis pas fou ! Si vous cherchez un responsable, c'est pas compliqué, allez voir dans votre ordinateur qui l'a loué avant moi et appelez-le, c'est lui qui doit payer, c'est bien évident !

Le préposé ne sait toujours pas quoi faire. Pour gagner du temps, il consulte ses dossiers à l'écran pour voir à quand remonte la dernière location.

Soudain, il semble très intéressé par ce qu'il voit à l'écran. Un sourire inquiétant se dessine sur son visage.

— Le dernier qui a loué cette cassette, Monsieur, c'est vous !

Un état transitoire et inexplicable

Vladimir avait déjà une bouteille à la main. Une main ruisselante et rougie par le froid. J'étais étonné qu'il fût venu à pied par un temps pareil. La pluie remplissait le ciel.

Il n'était pas ivre. Seulement impatient. Vladimir n'attend pas, n'écoute pas. C'est un homme qui bouge, qui comble.

«Le bonheur, aime-t-il à répéter, le bonheur est un état transitoire et inexplicable. S'il avait le téléphone, il ne répondrait pas. Mais il vient. De temps en temps. Quand il veut. Et repart sans scrupules et sans crier gare. On dira ce qu'on voudra : il ne se planifie pas, ne se prépare pas, ne se calcule pas. »

Il me remit un petit tas de disques dégoulinants et enleva son manteau pendant que je fermais la porte en luttant contre le vent.

— Ça va ?

— Tu sais, me répondit-il du tac au tac en me tendant sa bouteille pour enlever ses bottes, il y a des gens qui attendent un bonheur complet ; un bonheur total. Qui attendent, quoi. Il y a des gens qui attendent le bonheur pour être heureux.

J'étais amusé de le voir ainsi philosopher, sur une jambe, en réponse à la question la plus banale qui ait jamais été posée en ce bas monde. Cependant, je n'étais pas étonné. Je ne l'avais jamais connu autrement.

— Et pas toi ? répondis-je incrédule.

Il posa sa jambe par terre juste pour me regarder avec ses deux boules de billard. Il avait trois poils mal rasés et une mèche rebelle.

— Moi ? Attendre ? Un bonheur complet, tu comprends ? Je veux dire, un bonheur éternel ! Ça n'existe pas, mon pauvre Samson. Le bonheur, c'est comme une note de musique : si ça dure, c'est monotone.

Il m'aurait fallu un peu de temps pour bien saisir cette image qui ne me semblait pas tenir la route. Mais il enchaînait déjà :

— Non, crois-moi, Samson : tout le temps qu'on passe à attendre le bien-être total, c'est autant de temps passé à en rater des morceaux.

— Les miettes, tu veux dire.

Il leva la tête d'un coup et me dévisagea, le deuxième pied en l'air, quand la porte s'ouvrit brusquement et le fit basculer ; Christophe et Minh arrivaient.

— Tu parles d'un temps de chien ! Jamais vu un mois de décembre pareil ! Hein, Minh ?

Minh ne répondait pas. Il ferma la porte, remettant fermement le vent à sa place, et me tendit d'un geste calme un sac contenant encore quelques disques.

Ils n'avaient pas enlevé leur manteau que Vladimir,

déjà rendu dans mon salon, vidait fébrilement mon lecteur de CD pour y glisser ses dernières trouvailles.

Je déteste être bousculé en m'apprêtant à écouter de la musique, mais encore une fois, ce comportement ne m'étonnait pas. Je pris le temps d'offrir à boire à mes deux autres comparses, puis nous allâmes rejoindre Vladimir.

— J'ai acheté ça la semaine dernière, avait déjà commencé à nous relater celui-ci en se pointant la tête par la porte du salon. Il paraît que c'est la meilleure version de ce quatuor qui ait été enregistrée jusqu'ici...

Je m'assis confortablement afin d'écouter, mais Vladimir n'en finissait plus avec ses explications.

— J'ai justement lu un article dans *Le monde de la musique*...

— Vladimir, peux-tu la fermer une minute ?

— Justement, écoute ! Écoute ce passage-là, entends-tu l'alto, tout le lyrisme qui s'en dégage ?

Je n'eus pas vraiment le temps de repérer l'alto entre la fin de la phrase de Vladimir et la fin de la phrase musicale. Mais au moins, Vladimir s'était tu. Je pouvais enfin commencer à me concentrer sur la musique.

— Samson, coupa brusquement Christophe en me toisant sévèrement à travers ses lunettes hexagonales, tu as reconnu la métrique sans doute ?

— Heu... la métrique ?

— Oui, c'est un 6/8, ça ; tu l'avais bien remarqué ?

— Heu... un 6/8 ? Oui...

Je ne m'étais pas vraiment posé la question, et j'étais en train de me demander si j'aurais dû me la poser, quand Christophe poursuivit :

— Ça me fait penser, cette semaine, j'ai entendu un morceau où le 5/4 alternait avec le 4/4. Tu aurais dû entendre ça. Ça me faisait penser à...

Je ne parlais pas. Je me demandais si je serais capable de reconnaître une pièce qui fait alterner le 5/4 et le 4/4 avant qu'elle fût finie.

Soudain, le quatuor — qui continuait de jouer envers et contre tous — entama un autre mouvement. Je sentis un soulagement. Cette fois, je ne serais pas pris au dépourvu : ce petit air de valse, c'était très nettement un 3/4.

Mais évidemment, Christophe ne s'intéressait plus à la métrique :

— Tu as remarqué la modulation, Samson ? Il est passé en quoi ? Si mineur ? Non, attends...

Je ne savais diantre pas en quoi on venait de moduler.

— Qu'est-ce que t'en dis ?

Honteux de n'en avoir aucune idée, je fis mine de ne pas entendre la question et balançai la tête en cadence pour montrer que j'avais bien saisi la métrique.

Mais Christophe insistait :

— Qu'est-ce que t'en dis ? Si mineur, non ?

Je dus avouer, en essayant d'avoir l'air naturel :

— Je... je ne sais pas, franchement, Christophe.

Après tout, on n'est pas obligé de tout savoir. Du moins, c'est bien ce qu'on dit hors de cette maison.

Il me regarda d'un drôle d'air.

— Dis donc, t'es allé au conservatoire pendant combien de temps, toi ?

— Euh... cinq ans.

— Et tu ne peux pas reconnaître une modulation à l'oreille ? Moi, j'ai connu un gars, tu lui chantais une note au beau milieu d'un bar bondé, n'importe où, et il te la nommait au quart de ton près. Tu lui faisais entendre un klaxon au milieu de l'autoroute, et il savait...

— Mais je n'étais pas inscrit à temps plein au conservatoire...

— Ben t'as fait cinq ans de musique, non ?

— Écoutez celle-là, maintenant, reprit Vladimir en déposant sa deuxième bouteille pour changer le disque.

Les premières notes de la symphonie avaient à peine retenti que Christophe me demandait sur un ton désinvolte :

— C'est de quelle époque, ça, à ton avis ?

Docile, je tendis l'oreille pour essayer de reconnaître l'époque malgré tout le remue-ménage que faisait Vladimir en retournant s'asseoir et en cherchant une place pour sa bouteille.

— Je dirais... autour de 1790 ?

— Mille sept cent soixante et onze ! fit Christophe en me montrant le boîtier qu'il venait de dérober à Vladimir.

Je sentis tout de suite à son ton de voix qu'il ne m'avait pas accordé une telle marge d'erreur.

— C'est de qui ?

— Voyons ! Haydn ! fit Christophe.

— Né à Rohrau (prononcer *roh-raô*) en 1732, mort à Vienne 1809, ajouta Vladimir. Auteur de 104 symphonies, 84 quatuors, 62 sonates pour clavier, 45 trios avec clavier, 21 trios à cordes, 14 messes et 13 opéras.

— Ah! s'exclama Christophe en regardant Vladimir d'un œil admiratif, lui, il connaît la musique!

— J'ai écouté tout Haydn, ajouta Vladimir.

Au lieu de remarquer que cela semblait impossible, je me sentais ridicule de ne pas pouvoir en dire autant.

— Alors, tu as reconnu la forme, sans doute? reprit Christophe en me fixant par-dessus ses lunettes.

— Heu... oui! C'est bien évidemment une forme sonate?

— Évidemment... et là, tu peux me dire à quelle partie de la sonate on est rendu? Exposition, développement, réexposition, pont, thème A, thème B...?

J'étais épuisé par cet interrogatoire. Je regardai ma montre. Il y avait à peine vingt minutes que la soirée avait commencé.

Minh n'avait encore rien dit. Je lui en savais gré. Il lut sans doute dans mes pensées et affirma tranquillement:

— Toutes ces questions et ces analyses, c'est juste un truc pour ne pas entendre la musique.

Christophe se renfrogna, pendant que Vladimir cherchait à la fois où il avait déposé sa bouteille et le prochain disque qu'il allait nous faire entendre.

La remarque de Minh m'apaisa. Mais il ajouta aussitôt:

— Tu sais, c'est important de savoir se détendre quand on écoute de la musique.

Certes, ce n'était qu'une simple invitation à la détente, mais elle avait quelque chose d'impératif qui me triturait. Je ne pouvais pas répondre à cette exigence-là non plus. D'autant plus que tout le monde choisit ce moment pour se taire, comme pour mettre l'accent sur le fait que je ne pouvais pas me détendre.

La plus grande torture d'un être humain est peut-être de constater avec effroi qu'il n'est pas maître de son état, qu'il peut être aussi inapte à ne rien faire qu'à faire quelque chose. Aussi incapable de s'arrêter que de se mettre en mouvement.

N'y tenant plus, je me levai à mon tour, bousculai Vladimir qui monopolisait le lecteur de CD et mis un disque de Tchaïkovski.

Christophe lança un grand éclat de rire méprisant.

— Tu rigoles ! Tchaïkovski, c'est pour les débutants. On n'écoute pas ça.

— Christophe, laisse-toi aller ! Écoute comme c'est... c'est... beau !

Faisant la sourde oreille, il enleva le disque sans autre forme de procès, et Vladimir en profita pour enchaîner avec *Le sacre du printemps*. Aussitôt, les yeux de Christophe fixèrent le vide.

— Ah, ça...

On eut droit à quelques secondes de répit pendant lesquelles résonnait le hautbois des premières mesures. Puis Christophe me demanda, rêveur :

— Tu as déjà composé quelque chose comme ça, toi, Samson ?

Le sacre du printemps de Stravinski ! Bien sûr que non.

Il poursuivait d'une voix plus prosaïque, enterrant la musique :

— Ou au moins comme le quatuor de tantôt.

— *Au moins...* ? Christophe, tu essaies de me comparer à Haydn et à Stravinski !

— Bon, écoute, de la musique, c'est de la musique.

Alors ? Toi aussi, tu as composé des choses, non ?

— Bien sûr, mais...

— Tu sais, même *Le sacre du printemps*, ça a beau être un chef-d'œuvre, une réalisation comme il n'en existe que quelques-unes par siècle, il faut des gens pour les composer, ces pièces-là. Stravinski était en chair et en os, c'était un humain comme toi. Pourquoi, toi, tu n'es pas capable de faire quelque chose d'équivalent ? D'ailleurs, tu pourrais peut-être le faire *si tu t'y mettais*.

J'aurais dû rejeter sa proposition parce qu'elle était ridicule. Mais je la rejetais plutôt parce qu'elle me rapetissait.

Le tonnerre se mit à gronder dans la nuit impénétrable. Fichtre ! Le tonnerre en décembre ! La pluie redoubla. On l'entendait s'abattre violemment sur ma cheminée de métal, mais la grande fenêtre du salon ne laissait rien voir, ne reflétant que nos quatre gueules de farauds et toutes ces notes de musique gaspillées qui flottaient dans la pièce comme de misérables spectres. Vladimir augmenta le volume.

Me mettre en concurrence avec Stravinski. Y avait-il un meilleur moyen de m'empêcher de l'apprécier ? Et Christophe, comme le tonnerre, en remettait :

— Tu n'as jamais rien composé de semblable ? Comment fais-tu pour vivre ?

— Tiens, je vais te faire écouter quelque chose.

— Arrête ! N'enlève pas ce disque-là... C'est un sacrilège d'arrêter *Le sacre du printemps* en plein milieu...

— Tu ne l'écoutes pas de toute façon. Tiens, écoute ceci.

Christophe resta prudent à l'audition des premières notes. Il fut saisi d'un trouble imperceptible. Discrètement, il demanda à Vladimir, qui s'était emparé du boîtier, de le lui passer. Il regarda le numéro de la plage qui était en train de jouer, jeta un coup d'œil sur la pochette puis éclata :

— Salieri ! Décidément !

— C'est bon, tu ne trouves pas ?

— Salieri, c'est un raté ! Toi qui regardes tant de films, tu n'as pas vu *Amadeus* de Milos Forman ?

(Christophe n'avait jamais vu « tel film ». Il avait toujours vu « tel film d'Untel », ou « tel film avec Untel ».)

Non, je ne l'avais pas vu. Apparemment, j'eusse dû.

Sans autre explication, Christophe avait déjà enlevé le disque, et Vladimir avait sauté sur l'occasion pour mettre un des morceaux les plus sauvages de *Carmina Burana*.

— Écoutez ça comme c'est sauté ! Le gars, il chante pas, il gueule !

Vladimir avait raison, et pourtant, il se dégageait de cette pièce de musique une énergie dont on aurait regretté qu'elle n'eût jamais été offerte à l'oreille.

— Avoue que tu n'aurais jamais *osé* mettre un passage aussi bestial dans une composition. En tout cas, moi, je ne l'aurais jamais fait. J'aurais eu peur qu'on rie de moi. D'ailleurs je me demande pourquoi on ne rit pas.

Vladimir était jaloux, c'était évident.

— Tu aurais osé, Samson ? me demanda Christophe.

J'avais mal à la tête. Je fis un geste pour demander à tout le monde de se taire.

Et il y eut effectivement un silence. Une véritable accalmie.

Minh laissa passer quelques secondes pour ensuite marmonner à mon intention :

— Dis donc, tu as engraissé, toi.

Sa voix était faible comme un début de crescendo. Et de fait, il ouvrait un flot de questions qui devint vite assourdissant.

— Tu n'as pas encore acheté tes cadeaux de Noël ?

— Quand appelleras-tu ta mère ?

— Tu n'as pas encore lu *La comédie humaine* ?

— Quelle est la capitale du Madagascar ?

— La gouttière n'est toujours pas réparée ?

— Qu'est-ce que tu sais de Rubens ?

— Combien de fois es-tu allé en France ?

— Comment fais-tu pour écouter de la musique tranquillement pendant que des gens meurent de faim ?

— Tu es trop stressé. Tu n'es pas capable de te détendre ?

Christophe et Vladimir fouillaient comme des démons dans ma collection de disques. Les musiques s'enfilaient, se superposaient, s'empilaient *prestissimo*. La pluie battait la fenêtre. Les arbres dehors recroquevillaient leurs ramilles gelées.

Mes amis étaient là depuis près d'une heure, et je n'avais pas vraiment encore entendu une seule note de musique.

Vladimir monta encore le volume. Je tentai de l'en empêcher mais, offusqué, il me bloqua le chemin et se mit à chanter à tue-tête, avec des gestes théâtraux, pour me faire apprécier une musique qui ne me disait plus rien. Minh me toisait toujours aussi intensément. Christophe continuait de déblatérer, de m'expliquer les choses, de me poser des questions. C'était un vrai ouragan. Je n'étais plus maître chez moi. J'avais beau crier, pousser, retenir, tout le monde faisait à sa tête.

— J'espère que tu ne te coucheras pas trop tard ce soir...

— Me semble que tu as bu pas mal...

— Il *faut* que tu aimes cette pièce : tous les connaisseurs l'apprécient !

— Dis donc, tu n'es vraiment pas capable de te détendre ?

Ils arrêtèrent net lorsqu'ils me virent arriver, après quelques secondes d'absence, avec mon fusil de chasse. Chargé. Pointé sur eux.

Seule la musique, rendant bien à ses auditeurs leur insensibilité, continuait, indifférente. Je ne savais pas de qui elle était, je ne savais pas dans quelle tonalité elle était, je ne savais pas quel instrument jouait, et j'aurais bien voulu qu'un seul de mes camarades me posât une question semblable pour voir par quelle bouche je leur aurais répondu.

Je baissai enfin le volume tout doucement. Mes trois amis me regardaient avec de grands yeux. Christophe, de grands yeux frondeurs, Minh, de grands yeux tranquilles, Vladimir, de grands yeux vitreux. Mais tous avec de grands yeux, et à bien y penser, avec une grande bouche aussi.

Christophe fut le premier à se ressaisir.

— Samson... qu'est-ce que tu fais là... C'est...

— Silence.

— Samson, reprit-il en hochant la tête, tu ne peux pas nous tuer.

Je tapai deux fois violemment sur la culasse avec la paume de ma main pour montrer que l'arme était bien réelle et que c'était bibi qui la tenait.

Christophe continuait, presque avec commisération.

— Tu ne sais pas ce que tu fais, Samson. C'est ridicule : tu ne peux pas nous tuer...

— Christophe, je n'ai peut-être pas vu *Amadeus* de Milos Forman, mais dans les dix derniers films que j'ai vus, tous réalisateurs confondus, tu n'as pas idée du nombre de problèmes qui ont été réglés avec ça.

— C'est pas pareil, reprit-il en s'avançant doucement vers moi.

— Ça va le devenir, fis-je avec des trémolos dans la voix, en lui intimant l'ordre de reculer par un mouvement du canon.

Il baissa les bras. Il ne semblait même pas conscient du danger.

— Non, c'est pas pareil, répéta-t-il. En parlant de films... tu as sûrement vu *Mission impossible II* de John Woo avec Tom Cruise et Dougray Scott (sur une musique de Tori Amos) ?

— Justement ! Ta gueule ! criai-je en le mettant en joue. Il continua sur le même ton paisible.

— Bon... alors tu sais, ces masques que mettent les personnages pour se faire passer pour d'autres ?

— Oui, je sais, un truc facile et ridicule..., commençai-je, mais je m'arrêtai tout de suite.

Christophe, Vladimir et Minh portaient tous les trois leur main à leur cou, comme pour enlever un masque de plastique.

Et ils l'enlevèrent en effet.

Quand je vis ce qu'il y avait dessous, ma mâchoire tomba de deux pouces.

Sous les trois masques, il y avait ma tête.

Ma tête à moi. Il y avait trois Samson dans mon salon en plus de moi.

Je clignai deux fois des yeux, j'hésitai quelques instants puis je baissai doucement le canon. C'est alors que je compris ce que Christophe avait dit. Non, évidemment, je ne pouvais pas tirer. On ne tire pas sur soi. Ou disons que les conséquences ne sont pas les mêmes.

Par conséquent, rien à faire. Je m'affalai sur le divan, vaincu, vidé, sans ressources. Ils me regardaient tristement, et je nous sentais comme quatre compagnons de cellule, attachés par les pieds, dans une prison dont on ne sort jamais.

Aussitôt, ils se remirent à me parler, à me harceler et à enfiler des disques que je ne connaissais pas.

Ce manège dura deux heures quarante-quatre minutes et vingt-six secondes. De temps en temps, l'un d'entre eux s'éclipsait, mais jamais je n'étais seul, jamais je ne pouvais entendre cette foutue musique, et toujours il s'en trouvait au moins un ou deux pour me piquer, me provoquer, me questionner.

Minh dut même me réveiller par deux fois, sous le regard désapprobateur de Christophe, qui ne pouvait moralement supporter que l'on s'endormît sur une musique de Bach, Mozart ou je ne sais plus qui.

J'étais justement endormi quand vint ce moment inattendu. C'est un coup de cymbales qui me réveilla brusquement. Christophe était allé griller une cigarette sur le balcon, Minh était au petit coin et Vladimir se cherchait une bière dans le frigo. Enfin je crois. En tout cas, j'étais seul.

Et j'entendais de la musique.

Elle n'était ni dans mes oreilles, ni dans ma tête, ni même dans mon cœur. Elle était là, tout simplement. Ou plutôt, je crois que c'est moi qui étais là, enfin ; je ne sais par quelle magie, j'avais changé non pas de lieu, mais d'état.

Et la musique pénétrait en moi par des pores dont je n'avais jamais soupçonné l'existence — et qui, d'ailleurs, n'existaient pas vraiment sur un certain plan — pour me faire habiter le cœur du temps, comme un navire s'apaise dans l'œil de l'ouragan.

Combien de temps restai-je ainsi ? Deux minutes ? Cinq minutes ? Une seconde ?

L'éternité peut-elle être courte ?

C'est alors que, derrière mon épaule, j'entendis une voix qui me disait doucement :

« Ça ne se peut pas. Ce serait trop simple. Il n'y a *rien* de gratuit. »

Je me retournai. C'était Minh.

Et aussitôt j'entendis Christophe et Vladimir qui revenaient. Je me précipitai sur le boîtier pour au moins avoir le temps de voir le titre de ce morceau exceptionnel.

Déjà, mes trois compagnons envahissaient la pièce en

me bombardant de questions et de commentaires. Vladimir m'arracha le boîtier des mains et me dit avec un sourire pointu :

« Excuse-nous. Un moment d'inattention de notre part. »

Mais j'avais eu le temps de lire le titre : *Le bonheur.*

* * *

Dis, Vladimir, n'est-ce pas qu'il revient, cet état transitoire et inexplicable ?

Intérêts masculins

Ça fait deux semaines que je travaille ici. Je n'en reviens toujours pas des trésors qu'on trouve sur nos présentoirs. Les revues, c'est Internet avant l'heure : une vraie encyclopédie en constant renouvellement, un véritable inventaire de l'expérience humaine dans toutes ses dimensions : l'histoire, les affaires, la cuisine, la décoration, les sports...

Malgré toute cette diversité, toutefois, une section semble attirer les gens comme un aimant. La patronne l'a identifiée par un panneau qui dit : « Intérêts masculins ». Sur le coup, l'expression laisse perplexe, mais il ne faut pas bien long pour découvrir ce qui se cache dessous : baissez les yeux un tantinet et vous contemplez une mosaïque de cheveux longs et de rondeurs prometteuses. *Intérêts masculins* ! Il faut bien une femme pour avoir — et afficher — ce genre d'opinion. Alors comme ça, les hommes ne s'intéressent pas à l'actualité, à l'art, au voyage, ni même aux avions ou à la guerre ? *Intérêts masculins* ! C'est à se demander pourquoi elle a mis l'expression au pluriel. Parce qu'il y en a deux par poitrine ? En tout cas, le message — que dis-je, le message ? l'insulte ! — est sans équivoque : « Ils ne pensent qu'à ça ! »

Il faut avoir eu des expériences bien moches pour avoir une telle vision de notre sexe. Qu'elle sorte un peu, qu'elle change de quartier, si elle croit que tous les hommes ne sont guidés que par le bas-ventre.

Je suis sûr qu'elle se dit que j'ai pris ce boulot pour avoir la possibilité, le soir, de me rincer l'œil gratis quand je suis seul. Or, hormis pour les classer, je n'ai pas touché une seule fois à ces revues : il y a tant de richesses autour, comment me priver de tout cela pour regarder des poupées sur papier glacé ?

Même les femmes qui passent ici entretiennent des préjugés. J'ai mis au point une petite expérience qui le prouve hors de tout doute. Je commence par les regarder dans les yeux ; généralement, elles détournent leur regard mais peu importe : cette première étape est essentielle à la démonstration. Ensuite, je regarde les cheveux, le nez, les joues, les mains, les bras, les pieds, et ce n'est qu'après que je pose les yeux sur la poitrine. Leur attitude change d'un coup. « Ils ne pensent qu'à ça ! », voilà ce qu'on lit dans leurs yeux scandalisés. Je viens de m'attarder deux fois plus longtemps sur chacune des autres parties de leur corps, mais ça compte pour des clous.

Remarquez, ma patronne n'a pas complètement tort. Je le constate tous les jours. Ce que je trouve le plus pathétique, ce sont les hommes qui lorgnent la section rose sans en avoir l'air. « Lecture interdite », qu'elle a écrit, la patronne. L'avis est général, mais on sait bien qu'elle n'a pas mis ça pour les revues d'informatique. Tout ce qu'elle veut, c'est éviter qu'on traîne dans les *Intérêts masculins*. Elle ne pense qu'à ça. En fait, *lecture*, c'est encore un de ses euphémismes.

Les voyeurs. Ce sont eux qui nous font toute une réputation, à nous les hommes. Tenez, en voici justement un qui entre. Il croit que je crois que c'est distraitement que son regard parcourt les panneaux-rubriques.

Pas de chance : à peine a-t-il repéré les *Intérêts masculins* qu'il y a déjà un autre client. Les deux veulent regarder la même section, mais tout seul évidemment ; alors c'est la guerre d'usure : chacun se promène dans le coin, l'air de rien, attendant que l'autre se lasse.

Une femme entre ; c'est apparemment la compagne du premier, lequel, agile comme un matou, fait soudainement trois pas de côté, empoigne un *Nouvel Observateur* et plonge le nez dedans. Quand elle lui touche le bras, il feint la surprise, lui montre un article pris au hasard en élucubrant un commentaire puis, pris au piège, vient me payer sa revue au prix fort et jette un dernier coup d'œil furtif vers son rival vainqueur avant de sortir vierge avec sa dame.

C'est toujours ainsi que l'on vend nos *Nouvel Observateur*.

Mais l'autre n'est pas encore au bout de ses peines. Il a encore un témoin gênant : moi. Je sais très bien ce qui se passe dans sa tête : il essaie de se convaincre. Il se dit que j'en ai vu d'autres, que de toute façon, ce n'est pas de mes affaires, que si les revues sont là, c'est bien pour être vendues, qu'au fond, ça m'arrange parce que ça me donne de l'emploi et que d'ailleurs, il n'y a pas de honte à avoir des *intérêts masculins*.

N'empêche. Il attend.

Pauvre enflure : j'ai pitié de lui. En poussant secrètement un soupir, je décide de lui donner une chance en lui tournant le dos.

C'est à peine s'il a le temps de s'en apercevoir : voilà qu'un motard entre d'un pas décidé. En deux temps trois mouvements, l'inhibé que je voulais mettre à l'aise se retrouve devant la section *Bricolage*.

Le gros mal rasé n'y va pas avec le dos de la cuiller. Il ne cherche même pas : dans la section honnie, il choisit deux revues, qu'il semble connaître par leur nom, et me les met sur le comptoir. D'un air aguichant, les filles sur la couverture me sourient de leurs six lèvres.

Tout cela me répugne. On sait trop ce qu'il va faire, l'espèce de Jimmy, avec ces torchons. J'imagine sa piaule, sombre, pas plus grande que ma main, tapissée de filles à poil. Pff ! Ça doit sentir le diable autour de son lit et de son canapé crotté, déchiré et grinçant. J'ouvre la bouche pour lui offrir : « Des Kleenex avec ça ? », mais je m'arrête à temps ; nous n'avons pas de Kleenex.

Il sort donc aussi sec, et je me rends compte que mon hurluberlu hésitant a disparu lui aussi.

Je commence à sentir un découragement pour ma moitié du genre humain. Après tout, il ne faut pas s'étonner des tristes préjugés de ma patronne si elle assiste à ces manèges depuis des années.

C'est alors que je sens un courant d'air frais. La clochette de la porte tinte joyeusement, et entre un jeune étudiant. Un artiste, je crois bien, et bien dans sa peau avec ça. L'air dégagé, il compulse les revues d'actualité, de musique puis de cinéma. Après plusieurs minutes passées à regarder presque toutes les publications une par une, comme s'il goûtait chaque fois un peu de notre monde, il se décide pour *Diapason* et *Newsweek*.

Il dépose les revues sur mon comptoir, paie et sort. Ce garçon n'a même pas jeté un coup d'œil sur les revues de femmes.

L'hypocrite.

La cicatrice

Elle est encore tombée. C'est à s'arracher les cheveux. Quelle est cette manie de tomber tout le temps ? Elle est pire qu'une enfant. Quand on a quatre-vingt-onze ans, il faut connaître ses limites et les accepter. Quand on sait qu'on peut tomber, et que chaque fois on risque le fauteuil roulant à perpétuité, on prend les moyens pour que ça n'arrive pas.

Toujours est-il qu'elle est à l'hôpital, et qu'il faudra lui rendre visite. Cela n'aura pas été suffisant, toutefois, pour me faire annuler mon heure de tennis avec Tommy aujourd'hui. L'hôpital viendra après. Eh ! c'est que quand papa promet quelque chose, il tient parole !

L'activité n'a pas été brillante toutefois. Pour commencer, Tommy n'arrêtait pas de faire rebondir la balle par terre avec sa raquette, en la tenant perpendiculaire au sol avec ses deux mains. Il semblait plus intéressé par les couleurs de mes balles — des jaunes et des orange — que par la façon de se tenir sur le court.

Ne croyez pas que je sois un de ces pères démesurément exigeants. Je sais très bien qu'à six ans, Tommy ne peut pas servir au tennis comme un grand et je ne veux pas l'humilier en lui faisant faire des choses au-dessus de ses moyens. Alors je lui ai dit où et comment se placer, et je me suis contenté de lui envoyer des balles. Il les ratait souvent, mais ce n'est pas grave, je sais que c'est normal : il a six ans.

Toutefois, si seulement il avait suivi mes consignes, il en aurait raté moins. Mais non : l'artiste-et-poète regardait les nuages — ou les goélands, ou les projecteurs, je ne sais pas — une fois sur deux quand je lui envoyais mon service. Moi qui faisais bien attention pour le lui envoyer dans les mains, pour ainsi dire ; ce n'est pas très difficile pour moi, je me suis rendu en finale aux Jeux du Québec à dix-huit ans. Alors je lui servais les balles tout cuit dans le bec, pour qu'il ne se décourage pas et qu'il découvre le plaisir de jouer.

Quand même un peu agaçant, cette manie qu'il a de ne pas écouter. Je ne lui en demande pas trop, je sais que c'est un enfant, mais il n'empêche qu'à six ans, il est capable de comprendre quand je lui montre à quel angle il doit frapper avec sa raquette. Je le lui explique douce-ment, calmement, je lui fais refaire le mouvement, je lui demande s'il a compris, il dit oui. S'il disait non, je le lui montrerais de nouveau patiemment, mais il dit oui. Alors pourquoi, tout de suite après, lance-t-il encore la balle dans le champ, en faisant exactement le contraire de ce que je viens de lui dire ?

Après vingt minutes à peine, il n'était plus vraiment là. Il regardait les balançoires et le module de jeu à côté du court. Chaque fois qu'il devait aller chercher la balle près du filet, il fallait qu'il entremêle ses doigts aux mailles noires, observant je ne sais trop quoi, me jetant un œil timidement amusé, puis comprenant à mon regard qu'il devait se ressaisir et regagner sa place.

Ou encore, il jouait avec la manivelle qui sert à ajuster la tension du filet, sans avoir la moindre idée de sa fonction.

Tout semblait l'intéresser sauf le jeu.

Pourtant, c'est bien lui qui m'avait demandé de venir jouer avec moi. « Papa ! Je veux jouer au tennis avec toi ! » N'allez pas croire que je l'aie forcé. Je ne suis pas de ces parents qui voient leur enfant champion dès qu'il sort des cuisses de sa mère et qui lui mettent un hockey ou un violon dans les mains avant qu'il apprenne à marcher. Non, mon petit bonhomme voulait jouer au tennis avec son père, et n'était-ce pas mon rôle de l'initier à ce sport que je connais si bien ?

Alors, je ne comprends pas son manque de concentration. Une sorte de nervosité, je crois bien. (Sa mère a déjà songé à lui faire prescrire du Ritalin. Elle ne m'en a pas parlé deux fois. Je lui ai dit que nous étions capables de nous occuper de nos enfants tels qu'ils sont, avec leurs petits défauts, sans leur demander d'être parfaits.)

Ce n'était pas de savoir que sa mamie — son arrière-grand-mère — était tombée encore une fois. Car je ne le lui avais pas encore dit. Je ne voulais pas gâcher son début d'après-midi. Nous irions la voir après, mais il ne le savait pas encore.

Toujours est-il qu'après une demi-heure, j'ai décidé d'arrêter. J'en avais assez. Monsieur tapait du pied et lançait la balle partout parce qu'il n'arrivait jamais à soutenir les échanges. « Allons donc ! C'est normal, que tu ne gagnes pas, lui disais-je avec tout de même un peu d'impatience. Tu commences seulement ! Papa, lui, ça fait vingt ans qu'il joue, tu ne peux quand même pas espérer le battre la première journée ! » Rien n'y faisait. Il ne semblait pas comprendre qu'il est normal de commencer au bas de l'échelle. Ne pas accepter ses limites, voilà qui fait un mauvais départ dans la vie. C'est dommage, mais il est comme ça. J'en avais honte pour lui. Pis que tout : il ne semblait pas comprendre que le plus important, dans le sport, c'est de s'amuser.

Avant de quitter le terrain, cependant, je lui fis me montrer une dernière fois quelles étaient les lignes qu'on utilisait en simple, et celles qu'on utilisait en double. Pour qu'il ait la satisfaction de savoir qu'il avait appris quelque chose ce jour-là. Pas grand-chose : ce n'est pas important. Juste de savoir qu'il est capable. C'est ainsi que je lui apprends à avoir confiance en lui.

Mais il ne voulait rien savoir. Humilié, qu'il était. Une larme qui coulait sur sa joue, le regard dur, droit devant lui, la raquette à la main dont il n'avait même plus conscience. La visite à l'hôpital allait être gaie !

Bon, en route. J'espère, bon Dieu !, que quand je serai vieux, je ne causerai pas autant de problèmes à mes enfants que ma grand-mère m'en cause.

L'hôpital m'étonne. Il est propre, tout le monde semble à son affaire. Tommy a oublié le tennis. Il dit que ça sent drôle ici, qu'il ne veut pas aller voir mamie, qu'elle est trop vieille, qu'elle est sourde, qu'elle n'est jamais contente. Je lui dis que pour ce qui est de ne jamais être content, il ne donne pas sa place et que, de toute façon, ce n'est pas lui qui décide. Julie et moi, nous ne sommes pas de ces parents qui élèvent des enfants-rois. Quand mamie est malade, on lui rend visite.

Dans l'ascenseur, je lui rappelle les bonnes manières. Il faut dire « bonjour » en entrant et « au revoir » en partant.

Et la bise aussi, toujours. Tommy déteste cela, il dit que mamie a les dents sales. Je lui dis qu'il ne l'embrasse pas sur la bouche, qu'il n'a qu'à lui faire la bise sur la joue. Il dit qu'elle a du poil partout. Je lui dis qu'il exagère et de ne pas oublier mes consignes. Il soupire, mais je ne m'en formalise pas : il a le droit de s'exprimer avec moi. Après un moment de silence, il ose :

— Et tu vas lui demander, hein, pour la cicatrice ? Maman m'a dit qu'on allait lui demander la prochaine fois qu'on la verrait.

— On verra, Tommy, on verra. Si tu es sage et si tu respectes mes consignes.

— Dire bonjour, dire au revoir...

— Et faire la bise...

— Beurk !

— Tommy... !

— Bon : si je fais la bise, tu me promets que tu lui demandes ?

Comme père, je ne cède jamais au chantage.

Lorsque nous entrons dans la chambre, mamie dort, la bouche grande ouverte. Il me chuchote : « Tu vois qu'elle a les dents sales ! » Je lui dis de se taire. La vieille dans le lit d'à côté rigole. Je suis sûr qu'elle va me dire de

43

ne pas être trop sévère avec lui et d'en profiter pendant qu'il est petit parce que ça passe vite. Mais je sais déjà tout cela. J'en profite, Madame, et en plus, moi, je lui donne du temps de qualité. Elle ne sait pas que les pères de ma génération ne sont pas comme ceux de la sienne. J'ai envie de lui demander ce qu'elle fait ici, si elle sait tellement toujours quoi faire. Je parie qu'elle est tombée elle aussi. Quand, moi, j'aurai besoin d'une marchette, je vais l'utiliser sans faire d'histoires. Tout compte fait, mes enfants n'auront pas tant de problèmes avec moi. Je le sais, car je vois bien ce qu'il faut faire. Cette génération ne sait pas vieillir. Ça se comprend : c'est la première qui se rend si loin ! Il n'y a pas de précédent, pas de modèle ! Ces gens-là sont tout étonnés d'avoir vu l'an 2000, d'être encore sur terre, de contempler le cap des cent ans arriver lentement comme dans une barque à la dérive, désemparés de n'avoir pas encore vu la gloire du Père qu'on leur a promise dès leur petite enfance et pour laquelle ils ont accumulé tant d'indulgences, au prix de tant d'efforts, tant d'indulgences dont le cours est tombé en flèche sous leurs yeux ébahis quelque part au tournant des années 1970, et qui sont peut-être même périmées à l'heure qu'il est. Qui sait ? On ne parle plus de la gloire du Père. Et s'il était trop tard ? Avoir passé toute sa vie à suivre tant de règles, tant d'interdits, et ne plus être sûr, au terme de sa vie, que le paradis existe bel et bien. Quelle misère !

Nous sommes chanceux, mon fils et moi, d'être nés dans une ère de liberté et non à cette lointaine époque de contraintes et d'obligations permanentes. Lui n'en est sans doute pas conscient, mais moi, je l'apprécie pleinement.

Tommy sait ce qu'il a à faire. De ses petites lèvres de bonbon, il fait une bise à sa mamie. Celle-ci se réveille en sursaut. Dès qu'elle le voit, son visage s'illumine. Elle lui fait un sourire mais ne dit pas un mot. Confuse, elle regarde autour, cherche mon visage.

Je dois rester calme. C'est ma grand-mère après tout, je lui dois beaucoup, c'est elle qui s'est occupée de moi à la mort de ma mère. Ça ne sert à rien de l'engueuler, elle est déjà assez mal en point comme ça. Je sais me tenir. Je lui demande tout de même comment ça s'est passé ; ce sera bon pour elle d'en parler. Elle me dit comment elle est tombée, mais sans détails. Je lui pose des questions, je la fais répéter, je ne comprends toujours pas comment elle est tombée.

— Mais ta marchette, grand-maman, ta marchette, bout de calvince, elle était où tout ce temps-là ? On ne t'a pas acheté ça pour rien !

Ça y est. J'ai éclaté. La vieille d'à côté fait semblant de n'avoir rien entendu. C'est mauvais signe. Mauvais exemple pour Tommy. Je vais marcher dans le corridor.

Quand je reviens, Tommy est toujours là. Il a l'air aussi perdu que sa mamie. J'ai retrouvé mon calme. Je m'assois à côté d'eux. Tommy se penche vers moi et me chuchote :

— Demande-lui, pour la cicatrice !

Mamie a entendu des mots. Elle grince :

— Qu'est-ce qu'il veut ?

Je ne réponds pas. Je viens de constater que la marchette de mamie est beaucoup trop loin de son lit. Tommy me regarde, démuni, plein d'espoir. Il veut éclaircir ce fameux mystère depuis si longtemps ! Mamie s'adresse à lui directement :

— Qu'est-ce que tu veux, mon amour ?

S'étant assuré qu'il a mon autorisation tacite, Tommy pose la question qui lui brûle les lèvres depuis trois ans.

— Mami-i-ie ? As-tu déjà vu la cicatrice que papa a sur le nez ?

— La cicatrice qu'il a sur le nez ? Oh ! Bien sûr, tu sais, Tommy, ton papa, je le connais comme si je l'avais tricoté.

— Est-ce que c'est toi qui as tricoté la cicatrice ?

Mamie éclate d'un rire faible mais qui vient de loin.

— Non, ce n'est pas moi qui l'ai tricotée. Demande-lui, d'où ça vient, sa cicatrice, à ton père, il va te le dire.

— Il ne le sait pas.

Elle me regarde avec de grands yeux.

— Tu le sais pas ?

— Non, je ne le sais pas.

— Mais t'as tellement pleuré ! Tu t'es fait ça sur la rue des Franciscains.

— C'est où la rue des Franciscains ? demande Tommy.

— C'est là où ton papa restait quand il était petit, avec sa mère et moi.

— Et comment il s'est fait la cicatrice ?

— Ça, Tommy, c'était quand ton père était tout petit, plus petit que toi.

Tommy est tout ouïe.

— Il avait à peu près un an et demi. Tu sais, il a appris à marcher tard, ton père. On aurait dit qu'il voulait être sûr qu'il réussirait du premier coup. Sa cicatrice date de cette époque-là. Il faisait ses premiers pas et il s'est cogné le nez sur le bord de la table basse du salon. Il était tombé.

La vieille chipie. Je prends Tommy par le bras et on s'en va.

Sans dire au revoir.

Comment l'homme
perd son innocence

Vous le savez : les grandes personnes peuvent être très dures. Elles ont une sorte d'inconscience qu'elles ont héritée des grandes personnes de leur temps.

Mais inconscience ne signifie pas innocence. En fait, c'est un peu l'inverse. L'inconscience se fraie un chemin dans l'esprit de l'adulte pour le protéger de cette douleur qui vient inexorablement avec la perte de l'innocence.

Je me souviens du jour où j'ai perdu mon innocence.

Enfant, j'aimais beaucoup dessiner. J'aimais les couleurs, et elles m'aimaient aussi. Je mettais sur le papier tout ce qui me passait par la tête, avec les crayons qu'on m'avait donnés et la main que j'avais. Animaux, humains, paysages, parfois même ce que les grandes personnes appellent *art abstrait* (car il leur faut donner un nom à tout).

Beaucoup de mes dessins étaient dans une boîte. Beaucoup aussi avaient pris le chemin de la poubelle ; ce n'est pas que je ne les aimais pas, mais je les avais finis, tout simplement, et j'en faisais d'autres.

Jamais un adulte n'avait vu mes œuvres. Je ne les

cachais pas, mais il ne m'était jamais venu à l'idée de les montrer. Tout se passait entre le papier, les crayons et moi, et nous n'avions besoin de rien d'autre pour que l'expérience fût complète.

Puis est venu ce moment maudit où un adulte m'a surpris.

« Qu'est-ce que tu fais là, Thomas ? Un dessin ? Montre voir. »

J'acceptai innocemment et lui tendis la feuille. J'étais loin de me douter des conséquences de ce geste fatal. L'adulte regarda le dessin puis lança ces paroles meurtrières :

« Wow ! Il est beau ! »

Il est beau ! Cette phrase était tombée comme une massue. Jusque-là, je ne m'étais jamais demandé si mes dessins étaient beaux. Mais c'était bien ce que l'adulte m'avait dit : mon dessin *était beau* ! Cela ne pouvait vouloir dire qu'une chose : cela signifiait qu'il aurait pu, que le prochain pourrait peut-être, *ne pas être beau* !

Depuis ce temps, ma boîte de dessins est vide.

L'aveu

Je le regardais d'un air piteux. Je venais à peine d'arriver, il avait suffi d'une phrase, et j'avais tout dit. Je ne savais pas quoi ajouter.

Les psychologues en entendent de toutes les couleurs, alors je me disais qu'il ne serait peut-être pas aussi déboussolé que moi. Pourtant, j'étais convaincu qu'il avait rarement entendu ce genre d'aveu. En tout cas, moi, après des mois de consultations hebdomadaires, c'était la première fois que je lui déclarais une telle chose.

Heureusement, il n'avait pas l'air de s'en faire. Faisant fi de mon inquiétude, il laissa durer le silence un peu en m'observant, se pencha vers moi et me dit, sur un ton compréhensif :

« Vous savez, il n'y a rien d'anormal à cela. Cela arrive, des fois, que tout aille bien. »

L'accidentée

Tu me semblais tellement toujours malheureux. Mon amour pour toi était impuissant. J'avais beau multiplier les petites attentions : un café, un baiser, un regard doux, une oreille prête à entendre bien plus que ce que tu osais me dire, rien n'y faisait. Je te voyais errer comme une ombre qui a perdu son corps et qui vit dans le monde sans en faire partie. Je te voyais avancer dans la vie comme dans un corridor de verre dont j'étais tenue à l'extérieur par une force invincible contre laquelle je te voyais toi-même lutter.

Tu avais de la tendresse pour moi, mais la vérité transparaît toujours dans les êtres, et si ta tendresse était sincère, tes mots doux ne disaient pas tout. Toutefois, je ne savais pas ce qu'il manquait. Je ne pouvais pas savoir. Toi, le grand lecteur de Sartre et de Heidegger, toi, l'amateur de musiques que presque personne ne sait écouter, tu étais sans doute perdu dans un gouffre existentialiste, dans des sphères qui me paraissaient inaccessibles et, à vrai dire, fallacieuses et plus encombrantes qu'autre chose pour profiter de la vie. Surtout à moi, qui avais découvert par la grâce divine le seul appui inébranlable sur lequel l'Homme puisse compter.

J'étais loin de me douter où logeaient tes pensées, à toi, le grand intellectuel.

Une ou deux fois, tu m'as dit : « Des fois, je rêve d'une situation où tu serais totalement invalide, à la suite d'un accident. Je ne sais pas, que tu sois obligée de te déplacer en fauteuil roulant, et que je sois ton moteur à chacune de nos sorties. Nous serions indissolublement liés. Ou encore mieux, que tu sois retenue au lit, et là, je te veillerais. Rester près de toi, à ton chevet, jour et nuit, seulement pour surveiller le moment où tu te réveillerais. » Et moi, touchée de tant de sollicitude, je ne comprenais pas pourquoi, alors que tu n'arrivais pas à vivre pleinement une vie où nous avions tous les deux la jeunesse et la santé, tu rêvais à une vie de handicapés en pensant que tu en profiterais davantage. La fusion doit-elle coûter si cher ? Est-ce la seule forme d'amour qui existe ?

Il y avait une sorte de mort en toi, mais pis que la mort, repos éternel : une mort incomplète, une mort irrésolue, une mort inquiète. Une mort où il restait encore un peu de vie.

Et voilà que c'est arrivé. Appelle-t-on le destin de ses vœux, ou est-il vraiment aveugle comme on se plaît à le croire quand on préfère le rester soi-même ? Toujours est-il que me voilà, après cet affreux accident où j'ai failli perdre la vie, au lit depuis trois mois, sans espoir de remise sur pied.

Et tu es heureux. Oh ! Je ne puis dire si tu souris ou si tu chantes plus qu'autrefois, mais peu importe, car ce ne sont pas ces signes extérieurs qui me confirment le basculement de ton être. Tu rayonnes, tu vis. Autant autrefois, on sentait toujours une sorte d'enveloppe grise te suivre partout, autant aujourd'hui, tes yeux, même lorsqu'ils sont tristes, laissent constamment passer cette lueur ressuscitée au fond de tes prunelles.

Mais ce n'est pas moi alitée qui te rends heureux. C'est elle, avec toute sa vigueur. Celle à qui tu pensais jour et nuit en me côtoyant, sans rien me dire. Ou plutôt en me disant tout, sauf l'essentiel. On peut passer sa vie à dire des choses vraies, sans jamais dire les vraies choses. Si j'avais l'impression de vivre avec un spectre, c'est que tu étais avec elle et non plus avec moi.

Mes jambes me font mal parfois. Les médecins ont des remèdes contre ce genre de souffrance. Il y aurait aussi des pilules pour ne pas me faire sentir la souffrance de te voir heureux sans moi. Mais ce serait à mon tour me priver de la vie. Celle qui passe comme la houle et qui ne reste jamais bien longtemps à un sommet, ni d'ailleurs dans un creux.

Le plus dur moment est passé. Celui où j'ai constaté avec horreur, clouée sous mes draps, que moi qui faisais tout pour alléger le mystérieux fardeau que je sentais en toi, j'étais moi-même ce fardeau. Comment pouvais-je te rendre heureux? L'obstacle à ton bonheur, c'était moi. C'était moi, l'obstacle entre elle et toi.

Et pourtant, Olivier, je suis si heureuse de te voir enfin heureux. Enfin, une lumière t'entoure, une lumière entre quand tu pénètres dans ma chambre, et malgré ma douleur de te savoir dans les bras d'une autre, c'est toute ma vie qui devient enfin lumineuse, car curieusement, nous sommes enfin ensemble. Moi aussi, la vérité me rend libre. Et les mots tendres que tu me dis encore, enfin je sens qu'il ne leur manque plus rien parce que j'ai tous les morceaux du puzzle.

Pourquoi ne me l'as-tu pas dit avant ?

* * *

J'ai toujours voulu être pur, et j'ai toujours voulu que tu sois fière de moi, que tu n'aies jamais à regretter le choix que tu as fait, l'inconcevable honneur que tu m'as fait en me choisissant comme compagnon de vie. Je voulais être ton chevalier servant, je voulais être un héros, je voulais être parfait.

Et aussi je t'aimais.

Te veiller jour et nuit, te pousser dans un fauteuil roulant, c'était être à ton service, c'était nous lier à jamais, c'était te prouver une fidélité sans faille.

Comme j'ai voulu te prouver ma fidélité ! Comme tu as voulu y croire !

Comme nous savions tous les deux, au départ confusément, puis de plus en plus avec horreur, que cette fidélité me coûterait la vie !

Cette vie qui a commencé à me quitter après quinze ans de mariage. La mort par épuisement. On ne peut rien tenir à bout de bras indéfiniment.

Et pourtant j'ai voulu. Céder, même en pensée, était tellement inadmissible, tellement inacceptable, que je me suis entouré de remparts. Or, contre la vie, tout rempart est forcément dérisoire. Dans quel barrage l'eau ne trouve-t-elle jamais une faille pour s'infiltrer? Et si le barrage est parfaitement étanche, si dans sa folie l'homme réussit, en y consacrant sa vie entière et plus de forces qu'il n'en dispose, à le colmater parfaitement, c'est encore la mort et la moisissure qui l'attendent dans l'eau qui dort de force.

De toute façon, la fatigue vient toujours. Depuis l'aube de l'humanité, la nuit alterne forcément avec le jour. On arrive parfois à lutter contre le sommeil pendant quoi? vingt-quatre heures? trente-six heures? quarante-huit? Pourtant, on a beau résister, on a beau vivre cet état de veille comme on veut: dans l'euphorie, dans l'inconscience ou dans l'effort, il est ridicule de se battre contre la nature et d'espérer ne jamais avoir à s'abandonner.

La lutte contre soi est la plus fatigante.

Christine, c'était ma lumière. C'était la vie à portée de main, c'était ma nouvelle peau, c'était ma résurrection.

Mais comment te quitter, toi avec qui j'avais tant vécu et tant partagé, toi à qui je n'avais rien à reprocher? Comment exposer au grand jour tout ce que moi, j'avais à me reprocher? La plus grande des fautes: celle de m'avoir cru surhomme et de t'en avoir convaincue, me constituant ainsi prisonnier de ma propre conscience.

Je continuais de t'aimer. Mais je n'avais plus de passion. Perdu dans la vie que je m'étais bâtie en fusion avec toi, j'étais saturé de toi.

En fait, t'aimer était fatigant. Tellement exigeant. Comment être un héros toute sa vie quand on n'en est pas un ? On peut jouer au héros un certain temps, mais notre nature profonde, celle qui est vulnérable et imparfaite, crie et ne meurt pas, sauf si on la tue soi-même. À petit feu ou brutalement.

Mais on sait dans ces moments qui l'on tue. Et du plus profond de soi, on sent atrocement que la vie que l'on s'enlève, c'est la seule qu'on aura jamais. C'est un cadeau, le seul vrai qu'on ait jamais reçu, et que l'on gaspille, que l'on brûle ou que l'on chiffonne et que l'on jette comme un manuscrit précieux dont il n'existerait qu'un unique exemplaire.

Je ne suis pas croyant, mais j'ai le sens du blasphème.

Cynthia, quand je te disais que je voulais te veiller jour et nuit, je ne pensais pas au genre de vie que je mène aujourd'hui. Je n'espérais pas que tu sois alitée à vie afin de vivre avec elle. Je voulais vraiment te veiller jour et nuit, oublier que j'avais un corps, une existence, des besoins, des amis, bref une vie à moi. Exister tout pour toi, pour te prouver que je suis une personne digne de confiance, digne d'admiration.

Depuis que tu es ainsi alitée, j'ai fait le choix de la vie. Je ne t'abandonne pas, Cynthia. Mais tu ne peux pas être tout pour moi. Même avant ton accident, tu ne pouvais pas non plus. C'est juste qu'aujourd'hui une réalité extérieure vient nous le démontrer et, en quelque sorte, me fournit une disculpation dont je profite misérablement.

Aurais-je pu faire le choix de la vie pendant que nous étions ensemble ? Qui sait ? Faire la distinction, faire la différence entre toi et moi, pendant que je suis là avec toi ? Hélas, non, cela m'était impossible, Cynthia.

Et le plus terrible dans notre histoire, ce n'est pas de savoir à qui je pense aujourd'hui, c'est de supporter que je n'aie pas été parfait.

Naïveté d'automne

Inspiré du film *Souvenir bleu* (*Blue Car*)

Elle était si naïve. Elles le sont toutes. Parce qu'elles ont dix-huit ans, on les dit « majeures » et on confond avec « adultes ». Mais ce sont encore des enfants.

C'est ce qui me plaisait chez Noémie.

Noémie était aussi intelligente. Très intelligente. Autre erreur commune : intelligence ne signifie pas lucidité. En fait, Noémie avait tellement besoin du regard de l'autre pour exister qu'elle était incapable de se regarder elle-même.

Je voulais bien être ce regard pour elle.

Regarder Noémie ! Il me fallait des trésors de volonté pour faire autre chose pendant les cours. Elle était là, devant moi, au premier rang, me regardant de ses yeux ronds et brillants, franchement intéressée par mes paroles, ignorant tout des bouleversements qu'elle causait dans mon corps et mon esprit d'homme de quarante-sept ans.

De jolies étudiantes, j'en avais vues au cours de ma carrière. Toutefois, cette année-là était différente, car il s'était passé beaucoup de choses dans ma vie. Enfin, une seule, principalement, mais de taille. C'est lors des tremblements de terre qu'il s'ouvre des crevasses, et il faut une crevasse pour tomber dans le vide.

Le vide, c'est Suzanne qui l'avait créé. Elle avait décidé de partir, après vingt-huit ans de mariage. Aucune raison particulière. Pas d'homme, je veux dire. Enfin, si, un homme : moi. Mais à l'envers : je ne lui convenais plus. Elle partait seule en appartement, continuer sa vie de son côté, et moi, je demeurais seul aussi, me demandant comment le même mot pouvait désigner deux états si différents.

Aucun autre homme dans le décor. J'ai vérifié. Je l'ai épiée, j'ai sondé nos amis. Ainsi, je n'avais même pas le loisir de remplir mon vide par une crise de jalousie. Vide total. Moi avec moi. Elle avait beau répéter que ce geste n'avait pas été posé *contre* moi, je crois que j'aurais préféré qu'il le soit *pour* un autre.

C'était *pour elle*, seulement *pour elle*, tenait-elle à m'expliquer. Moi, mon esprit ne suivait pas. Dans un couple, on ne fait pas les choses pour soi. Et elle de me répondre que c'était cela qui expliquait son départ.

C'est ainsi que pour la première fois de ma vie d'adulte, cet automne-là, je jetais sur le monde et sur les femmes un regard d'homme libre, un peu effarouché. L'automne où Noémie est arrivée avec ses yeux de dix-huit printemps.

Naïve. Elle était intelligente et elle le savait — on le lui avait assez dit —, mais elle ne voyait rien de tout ce qui sous-tendait cette intelligence, elle ne connaissait rien de la préhistoire de cette matière grise hypertrophiée, alors que pour moi, vingt-neuf ans plus loin, c'était clair comme du cristal.

J'en avais vu, des jeunes gens et des jeunes filles de cette trempe, qui croient que l'intelligence leur a été donnée par le ciel et qu'il ne leur reste plus qu'à l'en remercier, fils spirituels du pharisien qui priait debout: «Mon Dieu, je te rends grâce de ce que je ne suis pas comme le reste des hommes...» Ils ne sont même pas conscients des incommensurables sommes d'énergie qu'ils ont dépensées, dès la plus petite enfance, pour amorcer, puis soutenir à un rythme infernal, le développement de leurs neurones, convaincus sans le savoir que la moyenne est médiocre, que ne pas avancer, c'est reculer, qu'ils pourraient, s'il s'avérait soudainement que leur intelligence fût factice ou n'existât pas, s'évaporer d'un coup comme un mauvais rêve.

Certes, la prière du pharisien se prononce à voix basse. La prétention est mal vue, alors quand on est intelligent, on sait qu'il faut jouer les modestes.

Et qu'y a-t-il de mieux qu'une jeune fille de dix-huit ans pour jouer la modestie?

Elle ne se doutait pas que je voyais dans son jeu comme si je regardais par-dessus son épaule, et cela ajoutait à son charme. Ses œillades en ma direction chaque fois qu'elle parlait d'elle à un camarade de classe ou à une copine tout en sachant que j'étais à portée de voix, elles étaient presque compulsives. Plus que l'oreille d'un gringalet ou d'une rivale, il lui fallait l'estime d'un homme.

Il devint évident assez rapidement que j'étais cet

homme. Enfin, un de ces hommes. Car les jeunes filles n'ont jamais un seul miroir, surtout quand cette quête d'admiration est encore mue par l'automatisme des prémices de la vie. Mais je ne détestais pas ce jeu, qui rendait la jeune fille d'autant plus vulnérable qu'elle n'en avait pas tout à fait conscience. Noémie aux yeux bleus dormait encore un peu.

J'aime à croire pourtant qu'elle a découvert, ou s'est mise à cultiver la coquetterie au début d'octobre, et que j'avais quelque chose à voir dans cette mutation. Un rien de maquillage, des vêtements plus sexy, les filles souvent se mettent à ce jeu bien avant d'arriver au cégep, mais il faut croire que Noémie avait vécu jusque-là dans un autre monde — intérieurement s'entend —, un monde sérieux, où l'on ne folâtre pas, où l'on s'applique à calculer son avenir et à ne décevoir personne.

Un monde très semblable à mes trente ou quarante dernières années.

C'était à la mi-octobre que les étudiants me remettaient leur premier travail. Le sien était remarquable. Outre les sources, nombreuses et solides — mais cela n'avait rien pour étonner: Noémie appartenait à cette race de gens pour qui le travail de fond était un *sine qua non* —, elle y faisait preuve d'une originalité et d'une clarté d'expression peu communes. Sur la page couverture de son travail, je ne ménageai pas les commentaires élogieux, de mon gros crayon rouge de prof, sachant d'avance quel effet ils auraient. Après tant de semaines de travail consciencieux, elle en était assoiffée, et les avait bus, assurément.

Au cours suivant, elle ne m'avait pas regardé directement une seule fois, et je savais pourquoi. D'une part, elle ne voulait pas que je lise dans son visage son contentement ; réflexe immémorial de ne pas être vue dans une émotion qui révèle le vrai intérieur, si belle fût-elle. D'autre part, elle était rassasiée. Pour un temps, on le sait, car les compliments, pour donner des ailes, s'envolent vite eux aussi ; c'est une chasse qui recommence sans cesse et qui n'attend pas l'automne.

Pour ma part, je connaissais bien ce pouvoir que j'avais de détruire ou de bâtir ces frêles personnes qui se prennent pour des forteresses. Cependant, cette fois-là n'était pas comme les autres. Homme libre (de force mais libre tout de même), j'avais la possibilité, donc l'envie, d'aller un peu plus loin.

Je sais, ces mots sont scandaleux sous la plume d'un homme mûr à propos d'une jeune fille à peine éclose. Mais enfin, encore faut-il définir « plus loin », ce que je ne m'engageais pas à faire. Je savais seulement qu'il n'y avait plus personne à la maison pour me questionner sur mon emploi du temps, en un mot personne à qui rendre des comptes... sauf moi-même. Or, ce moi-même, après avoir été si rigide pendant si longtemps, avait été ébranlé, pour ne pas dire assoupli, par le tremblement de terre.

Il était évident, par son travail, que Noémie était une candidate idéale pour la simulation de l'ONU du printemps suivant. Chaque année, en effet, je triais sur le volet quelques élèves pour cette activité annuelle qui se déroulait en mars. La préparation comprenait un voyage au siège de l'ONU, à New York, début décembre.

Non content de lui annoncer la bonne nouvelle, j'allai jusqu'à lui suggérer qu'elle pourrait devenir chef de délégation malgré son inexpérience. Que je crusse sincèrement à cette possibilité ne saurait être mis en doute ; quant à savoir pourquoi j'ai pris la peine de lui faire cette proposition alors que j'aurais tout aussi bien pu la faire patienter, comme il est d'usage, pour qu'elle ne se portât candidate à cette fonction que la deuxième année, je vous laisse en juger. Le fait est que Noémie avait dès lors besoin de séances particulières de formation.

Je l'invitai donc à mon bureau une fois ou deux par semaine, au début le midi, ensuite après les cours. Il se tissa entre elle et moi des liens dont la force était nourrie, de son côté, par la candeur et l'enthousiasme de sa jeunesse, et du mien par une liberté nouvelle... et, il faut le dire, un besoin nouveau de compagnie.

Une jeune fille de dix-huit ans peut-elle saisir le moindrement le choc que peut représenter pour un homme de quarante-sept ans le départ de sa femme ? Sans doute non. Mais je compris assez rapidement qu'elle avait de quoi alimenter une analogie. Noémie, en effet, supportait très mal le décès de son père, survenu l'été précédent. Pis encore, sa mère ne s'en était pas non plus remise et avait sombré dans l'alcool, laissant Noémie dans un état de plus en plus désorienté. Elle aussi, son monde s'était écroulé.

Le jour où elle finit par m'avouer ses problèmes familiaux, elle éclata en sanglots sur mon épaule. Je fus si touché que je pleurai à mon tour, discrètement. Cette petite tête fragile hoquetant sur mon veston me donnait des frissons. J'avais pris la liberté de l'entourer de mes bras dans un geste paternel, puis de prendre sa tête doucement entre mes mains pour la regarder dans les yeux. Ses joues de soie avaient rougi, et elle avait replongé de plus belle sur moi.

Rien de tel qu'une fille qui pleure sur votre épaule pour vous faire sentir solide comme un chêne... solide comme un père. Aussi, pendant qu'elle s'abandonnait à ses larmes qui mouillaient ma chemise, gardai-je la tête droite, voyant par la fenêtre la nuit déjà tombée, et près de ma porte mon porte-documents qui m'attendait, seul compagnon de mon retour vers un foyer encore vide.

Ce soir-là, je l'invitai au restaurant. Elle me regarda d'abord étonnée, puis elle accepta, et je savais que cela lui faisait plaisir. Il était interdit de nommer ce qui était en train de naître entre elle et moi, et même si cela avait été permis, nous ne l'aurions pas fait non plus, elle parce qu'elle n'osait y croire, et moi parce que l'âge m'avait enseigné cette façon de faire durer un plaisir de connivence.

* * *

Par la suite, ses yeux avaient été de plus en plus brillants en classe et sa voix de plus en plus douce dans mon bureau. Aucun mot ne peut décrire le magnétisme que dégage une jeune fille de cet âge lorsqu'elle est attirée par un homme. La fille elle-même n'en a pas la moindre idée, et c'est d'ailleurs sans qu'elle le sache la pièce la plus éblouissante de son arsenal.

La veille du jour de notre départ pour New York,

Suzanne était venue chercher ses dernières affaires à la maison. Que son silence et sa froideur alors s'expliquassent par un trop-plein d'émotions qu'elle tenait à tout prix à tenir endiguées, je le savais mais je m'en foutais. Le supplicié ne cherche pas d'excuse au bourreau. Avait-elle le droit de tourner ainsi le fer dans la plaie, de refermer cette porte à nouveau, après tous les sacrifices que j'avais faits pour elle, pour notre couple ?

Oui, elle avait le droit. Aujourd'hui, on a le droit de tout. On n'a qu'une vie à vivre et c'est chacun pour soi. Tant pis pour les fourmis qui engrangent : la cigale l'emporte.

Vivre une vie de cigale. Voilà ce que je ne m'étais jamais autorisé à faire. Ma colère contre Suzanne n'en était que plus vive. Car une fois isolé, forcé de méditer sur son geste, j'avais été obligé de m'avouer la chose essentielle : j'avais pris une sclérose pour une preuve d'amour. Petit à petit, au fil des ans, j'avais accepté tel compromis, telle petite mort, telle soumission, jusqu'à réduire à la portion congrue mon espace de vie, stérilisant ainsi mon couple privé d'oxygène par mon propre enfermement. Or, déjà dans un demi-sommeil passé le mitan de la vie, je m'étais résolu à boire jusqu'à la lie ma coupe de poison lent et Suzanne, elle, m'avait trahi en refusant de se joindre à moi dans mon rituel sacrificiel.

Après qu'elle eût fermé la porte à la suite du « bonjour » le plus cruellement neutre qu'il eût été donné à un homme d'entendre, je sentis pour la première fois à quel point ma mère m'avait toujours manqué.

L'image de la cigale m'obsédait alors que nous embarquions les bagages dans le minibus. Noémie était venue s'asseoir à côté de moi. J'y comptais. Secrètement. Il s'était installé entre nous une complicité qui me réconfortait. Toujours assez implicite pour inquiéter mon cœur chaque fois qu'elle avait le choix entre se joindre à moi ou non, mais déjà assez solide pour que je sache au fond que si elle restait loin, c'était pour les apparences ou parce qu'elle en était empêchée.

Les cigales chantent. Je m'étais tu trop longtemps. Au grand étonnement des étudiants, je me mis à entonner *La tourtière* de Lionel Daunais. Les intellectuels ne chantent pas facilement, mais quand le prof de sciences po donne le ton, ils n'hésitent pas longtemps.

Cependant, mon court répertoire fut vite épuisé, et personne ne s'en plaignit. Après un léger silence, une conversation collective s'engagea sur toutes sortes de sujets. En route pour l'étranger, seul avec un groupe de jeunes qui me respectaient, je me sentais en pleine possession de mes moyens. Confiant et tranquille, je répondais à leurs questions, je leur en posais de nouvelles, flirtant avec le flou qu'on peut encore exploiter entre le rôle de professeur et celui d'éducateur. Il me semblait connaître toutes les réponses à leurs questions, surtout sur « les choses de la vie ». C'est avec sagesse que je les mettais en garde contre le danger de ne voir notre valeur que dans les yeux des autres, de céder aux mirages des médias... ou encore de ne pas vivre sa vie de jeunesse. J'émaillais mes propos de citations de Chomsky, Saint-Exupéry ou Montaigne avec autant d'aisance que si je les avais fréquentés à la petite école.

Peu à peu, les interventions s'espaçaient ; l'obscurité et l'heure tardive allaient avoir raison des cégépiens.

Sur le banc, nos petits doigts se touchaient, à Noémie et à moi. Quand je lui pris la main discrètement, elle ne se refusa pas. Qu'au milieu de la nuit, elle se fût retrouvée la tête confortablement couchée dans le creux de mon épaule, on pouvait toujours le mettre sur le compte des mouvements inconscients du sommeil.

*   *   *

En voyage, on n'est plus soi-même. Notre soi ne nous suit pas : il reste collé à notre ville d'origine, et c'est un fantôme qui est à l'étranger, un fantôme qui sait très bien que lorsqu'il racontera son voyage au soi resté à la maison, celui-ci ne le croira pas, le rabrouera, lui dira de le laisser tranquille.

Depuis deux jours que nous étions à New York, je vivais une fébrilité que je n'avais jamais connue. Fébrilité extérieure, certes, car les journées étaient fort chargées, et mes responsabilités fort nombreuses. Mais fébrilité intérieure aussi. Il me semblait voir Noémie partout, il me semblait que ses yeux étaient sans cesse rivés sur moi, il me semblait que son réflexe de me suivre pas à pas commençait à tenir de l'indécence. C'était la première fois qu'elle voyageait sans ses parents et, manifestement, j'étais son seul point de repère. Moi, je ne m'en sentais que plus solide. Et dans l'activité de tous les jours, dans les réunions, aux repas, dans les déplacements, elle me semblait plus belle que jamais, vive, intelligente, regorgeant de vigueur.

Et son besoin de tendresse était palpable.

Je voyais arriver la dernière nuit avec des tremblements qui devenaient physiques par moments. Elle voulait faire le grand saut, j'en étais sûr. Si cela se trouvait, c'était moi qui n'étais pas prêt.

Elle voulait. Les jeunes de cet âge ne font pas tant d'histoires avec l'œuvre de chair. Noémie était née si longtemps après moi... son monde était un monde de liberté... on le lit partout dans les journaux et les revues, les romans, les téléromans et le cinéma nous le montrent à l'envi : la vie sexuelle des jeunes commence tôt, la volupté est partout, les complexes et les inhibitions sont au rancart, on est à l'ère du plaisir et du moment présent. Suzanne l'avait bien compris. Il ne restait plus que moi qui étais vieux jeu. C'était pour cela que j'étais tout seul dans mon coin.

Et Noémie qui multipliait les indices ; tout en restant correcte en jeune fille bien élevée qu'elle était, elle devait se dire que son vieux prof ne comprendrait décidément jamais. Ils s'en parlent entre eux, les jeunes, ils ne font pas tant d'histoires. Chaque matin, Noémie côtoyait des jeunes de son âge qui avaient passé la nuit chez l'une ou chez l'autre, qui vivaient une liberté qu'on ne pouvait même pas imaginer au temps de ma jeunesse. Le temps de la jeunesse était éternel et eux, ils étaient en plein dedans, et moi, et moi...

La dernière nuit arrivait. C'était moi et moi seul qui faisais obstacle à la possibilité qu'elle fût une nuit de rêve éveillé. Cette vie de liberté et de plaisir était à portée de ma main. Quarante-sept ans, largué par ma femme parce que trop sage. Allais-je passer le reste de mes jours dans ma réserve ?

La séance de travail, ce soir-là, avait été particulièrement longue. Lorsqu'à la fin, je lui dis d'un air le plus naturel possible : « J'ai dans ma chambre un document qui pourrait t'être utile. Viens avec moi, on va aller le chercher... », j'avais l'impression que c'était un autre qui parlait. J'étais en état d'éclatement. Il se passait en même temps mille choses dans ma tête. Avais-je prononcé la phrase trop fort, ou trop faiblement ? Les témoins pouvaient-ils lire dans mes pensées, et si oui, les trouvaient-elles dégradantes, ou normales ? M'enviaient-ils ou me prenaient-ils en pitié ?

Noémie, toujours prête, accepta sans poser de questions. De toute façon, depuis notre départ, elle me suivait comme son ombre. C'était dans la poche.

Quand je refermai la porte derrière nous, mon cœur battait tellement fort qu'il entravait ma respiration. Je farfouillai bêtement dans mes papiers, elle jouait le jeu, elle attendait. Mais la porte était fermée, nous étions seuls ; pourquoi poursuivre la mascarade ?

Je la pris par les épaules et la plaçai dos au lit. Nous étions nez à nez. Je voyais tout près de ma bouche ses lèvres et le grain fin de sa peau. Elle changea de regard. « Ça va ? », lui dis-je. « Ça va », répondit-elle. Je la dévorai encore quelques secondes des yeux avant d'appliquer doucement, sans y croire, mes lèvres sur les siennes.

Sensible à mon geste, elle n'en était pas moins timide. Je répétai : « Ça va ? » ; elle répondit : « Ça va... » Je sentis mon souffle se dérégler. Très doucement, je commençai à déboutonner sa chemise. Elle eut un léger mouvement de recul mais resta immobile. Je posai mes mains sur sa peau, de part et d'autre de sa taille. Je repris : « Ça va ? », elle répondit d'une voix plus faible : « Ça va... »

Soudain, je fus pris d'une frénésie que je n'avais encore jamais connue. Cinq mois sans avoir touché à un corps de femme, cinq mois à avoir ruminé ma solitude, cinq mois à avoir alternativement détesté et désiré misérablement Suzanne dans une roue sans fin, vingt-huit ans à m'être braqué pour lui rester fidèle et finalement être abandonné pour la simple raison que j'étais celui que j'étais, et cette jeune fille qui était là, tendre comme une fleur, Noémie, pour qui j'étais quelqu'un, qui n'avait cessé de me lorgner, de me caresser de la voix, de m'encenser du regard depuis deux jours, depuis deux mois, tout cela me prit furieusement à bras-le-corps, et je fis de même avec Noémie, je la jetai sur le lit, et elle n'eut pas le temps de résister, ni même de consentir, j'étais déjà sur elle, le matelas était mou, nous étions sur des vagues, ma respiration était forte, mes mains couraient partout, je lui disais : « Ça va ? Ça va ? », et elle me répondait d'une voix toujours plus faible, jusqu'à ne plus rien dire, mais je ne l'écoutais déjà plus, elle lâchait des petites plaintes discrètes, l'air d'une domestique qui ne veut pas déranger, et moi, je savais où j'allais, j'y étais allé des milliers de fois dans ma vie, mais ce chemin était différent, il était nouveau, la lumière n'était pas pareille, ce corps était tout frêle et tout frais, il hésitait, il était à la fois raide et soumis, puis je ne sentis plus rien tellement l'émotion était intense, et arriva l'issue de ce manège banal, le même manège, la même issue depuis la nuit des temps, mon corps s'arc-bouta sur le sien, elle lâcha un cri un peu plus fort que les autres, un petit cri sec, le bruit d'une branche qui craque, puis j'eus la sensation de son souffle retenu, le souffle retenu de l'oisillon qui tombe prématurément sur le sol de la jungle.

J'étais mort et je renaissais et déjà, je reprenais mes sens. Je ne pouvais pas laisser aller mon corps sur elle ; elle aurait étouffé. Je me roulai lourdement sur le côté. Nous étions à peine déshabillés. Elle ne bougeait pas. Elle se recroquevilla lentement, comme si elle avait peur de casser en deux. Couchée sur le côté, elle me tournait le dos. Je me tournai vers elle, j'approchai ma bouche de son oreille, je lui murmurai : « Ça va ? »

J'entendis une larme couler sur sa joue jusqu'au couvre-lit froissé.

La nuit de rêve éveillé avait duré dix minutes. La jeunesse qui ne faisait pas d'histoire avec l'œuvre de chair avait mal au bas du ventre. Le professeur qui, encore trente minutes plus tôt, avait l'admiration d'une jeune fille pleine de promesses était tombé de son piédestal, à jamais. De père, il était devenu brute.

Ce que j'avais été naïf.

Un vieux

Rebecca entra dans l'appartement, fraîche comme une rose. Dix heures et demie pile. Stéphanie l'attendait à ce moment précis. Rebecca ne traîne jamais avec les clients. Elle était à un rendez-vous d'une heure qui devait se terminer à dix heures et quart, et il y avait quinze minutes de route pour revenir. Alors.

— Il y a un type qui vient d'appeler, fit Stéphanie. Je lui ai dit que tu serais là à onze heures.

— Ici ou là-bas ?

— Là-bas.

— Tu aurais pu me demander mon avis.

— Ça avait l'air important.

— Ça a toujours l'air important.

— Lui, ce n'était pas pareil. Et puis, il n'est pas si tard. Tu vas avoir fini à minuit.

— Tu n'aurais pas pu y aller ?

— Il a dit qu'il voulait que ce soit toi.

— Ah ? C'est qui ?

— Je ne connais pas tous tes clients. Il avait l'air vieux. Très vieux même. Peut-être ton Armand. Tu me disais hier que ça fait un mois qu'il ne t'a pas appelée. En plus on est lundi.

Rebecca jeta un coup d'œil sur la note griffonnée par sa copine.

— Au Plaza? Non, ça ne peut pas être Armand. Probablement Yvon, ou l'autre, là, le juge, comment il s'appelle, donc?

— Poirier?

— Oui, Poirier.

— Je ne sais pas. En tout cas, il t'attend. Il avait l'air nerveux.

— Alors c'est Yvon.

Rebecca sauta dans la douche et ressortit de la salle de bain six minutes plus tard, toute pimpante, pour voir Stéphanie exhiber une bouteille de champagne avec un grand sourire.

— Cadeau de ma dernière recrue. Je le garde au frais, et on se le boit à ton retour. Ça te va?

— Parfait! Minuit et quart!

Rebecca sortit d'un pas léger.

* * *

Émile Francœur avait la bouche sèche. Il sursauta légèrement en entendant frapper à la porte de sa chambre. Il s'y rendit en tremblant et ouvrit.

Il aperçut alors la plus délicieuse jeune fille qu'il lui eût été donné de voir depuis fort longtemps. Surtout avec un tel sourire. Il eut une faiblesse, aveuglé par le rouge cerise de ses lèvres.

— C'est vous ?

Déjà, il se trouvait bête d'avoir posé cette question. Qui d'autre aurait-elle donc pu être ?

Quant à Rebecca, la scène n'était pas très ragoûtante de son point de vue à elle, mais elle n'en fit évidemment rien paraître. Malgré son jeune âge, elle était déjà très professionnelle.

D'autant plus qu'il avait justement surveillé sa réaction avec attention. Il savait pertinemment qu'il n'était pas le plus attrayant de ses clients de la soirée.

Non pas qu'il fût laid. Mais il avait bien une cinquantaine d'années de plus qu'elle. Au bas mot.

— Entrez. Prenez le temps de vous asseoir.

Il était fier de montrer qu'il n'était pas pressé. Même si elle pouvait penser que c'était un moyen de dissimuler le fait que, de toute façon, ses vieux os et ses membres débiles ne lui permettaient pas d'aller très vite. Il lui offrit galamment un cognac. Ce n'était pas dans ses goûts, mais elle fit mine d'être ravie. Pour lui faire plaisir. N'était-elle pas là pour ça ?

Il la contempla un instant de ses yeux déchus, observant du mieux qu'il pouvait ses jambes croisées, ses hanches parfaites, son buste généreux. Puis il lui dit sans ambages :

— Tu me trouves bien vieux, n'est-ce pas ?

— Je rencontre des gens de tous les âges, vous savez, fit-elle gentiment sans fixer les poils qui lui sortaient du nez et des oreilles.

— Tiens, je croyais que vous autres, les... je veux dire les... enfin, que vous tutoyiez toujours vos clients.

— Je peux te tutoyer si tu veux. Ton nom, c'est... ?

— Émile.

Ce nom sentait le moisi.

— Émile, tu n'as pas l'air dans ton assiette.

— C'est que...

Elle l'observa de ses yeux pétillants, fascinée par les traits de sa vieillesse. Certes, il avait l'air propre, le monsieur. Mais ces plis, partout, cette peau diaphane, ces veines qui couraient sans pudeur, et ces taches brunes, sur les mains, sur le front, dans le cou.

Il était bien mis. Même qu'il sentait bon. Une petite odeur épicée dont il avait même eu la délicatesse de ne pas abuser. Mais les picots gris-blanc de sa barbe avaient quelque chose de chaotique, comme ses sourcils luxuriants, qui semblaient avoir oublié de tomber dans la même torpeur que le reste du corps.

— Détends-toi, Émile. On a le temps.

— Allons! Tu ne sais pas ce que c'est, avoir le temps! C'est quand il est passé qu'on sait vraiment le temps qu'on a eu!

Elle ne répondit rien. Après un moment de silence, il reprit sur un autre ton :

— Tu sais, c'est la première fois que... que je...

— Que tu fais affaire avec une professionnelle comme moi?

Les euphémismes ne gâtent rien, mais très souvent, ils font bien mal leur travail de camouflage. L'espace d'un moment, il eut envie de la renvoyer. Tout cela ne lui ressemblait tellement pas. Puis il se ravisa. Ce n'était plus le temps de reculer. Mais une certaine mise au point s'imposait.

— Écoute : je tiens à ce que tu saches que je ne suis pas comme les autres.

— Les autres quoi ?

— Tes autres clients. Tu sais, tous tes autres. Les jeunes, les hommes d'affaires, les juges, tous ceux-là qui trompent leur femme en congrès, en voyage, après le bureau.

Ce manque de respect envers ses clients la piqua, mais elle conserva son ton ingénu :

— Et toi, tu n'es pas comme ça...

— Non : moi, je suis un homme droit. Je ne suis pas comme eux.

— Pourtant, tu as vu mon nom dans mon annonce comme eux, tu as pris le téléphone comme eux, tu as composé mon numéro comme eux, tu me reçois comme eux, et j'ai bien l'impression que je finirai la soirée avec toi dans la même position qu'avec la plupart d'entre eux !

Elle regrettait déjà d'avoir été si directe. À quoi bon le brusquer ? C'était évident qu'il n'était pas habitué. Elle l'avait vu dès qu'il avait ouvert la porte, qu'il n'avait jamais fait appel encore à une fille comme elle. C'était évident aussi qu'il n'était pas à l'aise d'avoir posé ce geste.

Il insista :

— Moi, ce n'est pas pareil. Je suis un homme droit. Vas-y, prends une gorgée.

Elle porta le verre à ses lèvres de rose en jetant un coup d'œil à la pièce. La seule présence du vieux donnait à la chambre d'hôtel un petit air démodé. L'éclairage était jaune, les rideaux épais avaient une apparence de velours violet. Son client poursuivit :

— Tu sais, j'ai chèrement payé le droit de parler ainsi. J'ai soixante-dix-huit ans. Et j'ai aimé une femme dans ma vie. Une.

Ça y est. L'histoire commençait. Rebecca s'installa comme un chauffeur de taxi immobilisé qui s'assure que son compteur est bien en marche.

«Elle s'appelait Rebecca. Comme toi. Rebecca, c'est un nom de la Bible, tu le sais, ça, non?

La première fois que j'ai vu Rebecca, c'était il y a fort longtemps. Dans une veillée. Je l'ai tout de suite invitée à danser, mais elle a refusé. Sais-tu pourquoi?»

Il avait soudain un air gaillard. Il répéta sa question en pouffant de rire:

— Sais-tu pourquoi?

— Non.

— Tu ne me croiras pas, mais j'avais la réputation d'être le plus grand coureur de jupons de toute la paroisse.

Elle eut envie de rire avec lui, mais elle resta discrète par délicatesse. Elle lui demanda seulement:

— Et vous l'étiez?

Ni l'un ni l'autre ne se rendirent compte qu'elle s'était remise à le vouvoyer.

— Moi? Oh non! Pas de saint danger, non! C'est les filles qui me tournaient toujours autour! Moi, ma mère m'avait toujours dit, depuis que j'étais haut comme ça, que quand je choisirais une fille, ce devait être pour la vie. Et pour moi, tout ce que ma mère disait, c'était parole d'Évangile. Alors tu comprends, il ne fallait pas que je me trompe.

Il resta rêveur un instant.

— Et je ne me suis pas trompé. Nous avions le même âge. Nous nous sommes mariés à dix-neuf ans. Il y avait eu un orage juste après la célébration. Si tu l'avais vue, dans sa robe mouillée, ma jolie petite femme, ce jour-là !

Elle eut envie de le taquiner, histoire de le détendre un peu.

— Et vous n'avez jamais regardé une autre femme ?

— À cette époque-là, non ! Pas besoin. Rebecca était et avait tout ce qu'il me fallait ! Si tu savais les belles années qu'on a passées ensemble !

— Mais des fois, vous les hommes, vous savez, vous avez besoin de...

Il se mit à rire.

— Avec Rebecca, j'étais le plus comblé des hommes ! Le plus envié aussi ! Et je lui rendais bien la pareille !

Rebecca était étonnée d'entendre ces propos. Généralement, auprès d'elle, les hommes se plaignaient plus qu'autre chose de leur vie conjugale. Certes, il arrivait que des vieux viennent se vanter de leurs prouesses de jeunesse, mais elle voyait bien que cela n'avait rien à voir. Ses yeux pétillaient ; il regrettait vraiment cette époque, si lointaine fût-elle. Elle pressentait toutefois la suite et lui déclara d'un ton compréhensif :

— Et puis, après quelques années, ça s'est émoussé...

— Émoussé ? Non, tu n'y es pas du tout. Après, il y a eu l'accident.

— L'accident ?

— Un accident d'auto. Tu ne veux pas savoir. Toujours est-il que nous nous en sommes sortis vivants, mais elle paralysée. Du bassin jusqu'au bout des orteils. Je la vois encore sur son lit d'hôpital, lorsque le médecin lui avait appris qu'elle ne pourrait plus jamais se servir de ses membres inférieurs. Ma pauvre belle Rebecca! Ma pauvre petite! Toute jeune, condamnée au fauteuil roulant pour le restant de ses jours... et tu sais ce qu'elle m'a dit, Rebecca, tu sais ce qui la tracassait, tu sais la première chose qu'elle m'a dite lorsque je suis entré dans sa chambre d'hôpital?

Rebecca écoutait attentivement. Elle remua légèrement la tête pour faire signe que non, et Émile remarqua la perfection de son nez et de la petite rigole qui glissait vers sa lèvre supérieure.

— Tu ne me croiras jamais. Elle m'a dit, gravement, une toute petite phrase : « Ta femme ne pourra plus te satisfaire. » Elle avait honte et ses yeux étaient pleins d'eau. C'était insupportable. J'ai même senti, à un moment donné, qu'elle aurait préféré y laisser sa peau plutôt que de survivre dans cet état.

Rebecca voyait les yeux jaunes et veineux du vieillard se remplir de larmes. Ses iris bizarrement surdimensionnés étaient d'un gris-bleu qui paraissait un peu surnaturel. Elle n'osait faire un geste.

— Qu'est-ce que vous avez fait?

— Écoute-moi bien : je lui ai fait le serment que je respecterais l'engagement de notre mariage jusqu'à la fin de mes jours. Je lui ai juré fidélité, «aux jours de bonheur comme aux jours difficiles, tout au long de notre vie», comme on dit au mariage.

— Vous aviez quel âge à ce moment-là?

— Nous n'avions pas trente ans.

Sa bouche se tordit. Rebecca, se tenant coite, remarqua son menton saillant.

— C'est jeune, tu sais... non, tu ne sais pas. Crois-moi : trente ans, c'est très jeune pour prendre ce genre d'engagement. Rebecca aussi l'a compris après quelque temps. Il faut que les années passent pour que l'on voie le poids d'un serment. Alors tu ne sais pas ce qu'elle a fait ? Après un certain temps, Rebecca avait accepté sa condition, elle était en paix avec elle-même et avec le bon Dieu, et alors, elle m'a libéré de mon serment.

— Elle vous aimait beaucoup.

— Rebecca, c'était la sagesse et l'amour incarnés. Et je te dirais, encore plus après son accident. Mais moi, je n'aurais jamais pu profiter d'une telle largesse. On ne revient pas sur un engagement. Et jamais ! tu m'entends ? jamais je n'ai manqué à mon serment.

— Elle aussi devait être fière de vous.

— Du haut du ciel, oui.

— Du haut du ciel ?

— Oui, parce que je ne t'ai pas encore tout dit. Elle est tombée malade peu après. Cancer des os. Après deux ans d'agonie, elle est morte. Nous avions trente-quatre ans.

— À ce moment-là, vous étiez libre.

Il était presque insulté.

— Tu ne comprends pas ! Je n'ai jamais envisagé manquer de respect à cette femme extraordinaire, même après la fin de sa courte vie.

Elle lui dit doucement :

— Vous ne lui auriez pas manqué de respect : elle était décédée. La vie continue.

— En tout cas, sur son lit de mort, lorsque j'ai vu ses paupières se fermer pour la dernière fois, je me suis promis de continuer de lui rester fidèle jusqu'à la fin de mes jours. Et puis, pour une raison que j'ignore, le bon Dieu m'a laissé parmi les vivants bien plus longtemps que je ne l'aurais imaginé. Rebecca, j'ai vécu plusieurs fois ta vie entière. Seul, fidèle, et fier de l'être. Je n'ai jamais manqué à ma parole. Mais Rebecca, crois-moi : ma vie a été longue.

Rebecca glissa doucement sa petite main blanche sous la main sèche du vieillard, qui la retira aussitôt. Quelle était cette sensation ? Ce petit fuseau, cette peau plus douce que la soie ! Il remit timidement sa main sur celle de la jeune fille en fermant les yeux.

Il sentit aussitôt la deuxième main se poser sur la sienne pour la prendre dans un tendre étau et ouvrit les yeux juste à temps pour voir une mèche de cheveux de la jeune fille tomber sur sa joue, comme on a la grâce de lever les yeux au ciel au moment où passe une étoile filante.

Il se sentait ridicule, à son âge avec une si jeune personne. Il avait honte de son apparence. Il reprit en murmurant :

— Tu sais, je n'ai pas toujours été tel que tu me vois.
Il sourit.

— Je t'avais même apporté des photos, pour que tu puisses te rendre compte par toi-même.

Il la regarda craintivement dans les yeux.

— Mais à quoi bon, au fond ?

La voyant attentive, il se reprit :

— Tu veux les voir ?

Elle répondit par une simple pression des mains, une pression qui disait « reste près de moi ».

Toutes ces confidences l'avaient graduellement rapproché d'elle. Beaucoup de gens connaissaient son histoire, mais personne encore ne l'avait entendue de sa bouche, dans ces mots-là. Il se remit à la contempler dans toute sa splendeur, cette fois avec un peu moins de pudeur. Comme le cultivateur d'expérience devine les pommes dans son verger dès le printemps et sait voir même en plein cœur de l'été les branches sèches qu'auront ses arbres en hiver, il contemplait le tour des yeux et la peau du cou de son invitée, en admirait la fermeté et le poli, et les appréciait d'autant plus qu'il imaginait déjà les rides et les aspérités qui s'y installeraient peu à peu, après vingt ans, après quarante ans...

— Je ne pensais pas que tu serais si jeune. Quel âge as-tu ?

— Dix-neuf.

Il rit doucement.

— Quand j'avais ton âge, les femmes de trente ans me paraissaient très vieilles.

Il trouva la force d'éclater d'un rire franc. Puis il se rembrunit.

— Tu sais, je ne suis pas nécessairement très fier de ce que je fais aujourd'hui. Mais tu as compris ce que je viens de te dire : ça fait maintenant cinquante et un ans que je n'ai pas connu le plaisir de la chair, comme on disait dans le temps. Alors depuis un certain temps, je me dis que, peut-être, une fois, une seule fois, une dernière fois, avant de quitter le monde de la chair, j'avais peut-être le droit... il ne serait peut-être pas mal de... enfin je me demande surtout...

Il la regarda d'un air solennel. La beauté de ses traits l'aidait à s'ouvrir.

— Tu sais, c'est très important pour moi ce qui va se passer ce soir. En un sens, on peut dire que tu vas me dépuceler.

Elle avait l'air émue, et il en était heureux.

Elle se leva pour se placer derrière son fauteuil. Elle lui caressa doucement les épaules osseuses par-dessus son veston impeccable. Il faillit lui enlever doucement ses mains, ressentant comme une espèce de sacrilège la rencontre d'un corps aussi décrépit et de deux mains si lumineuses. Mais elle était si habile qu'il finit rapidement par sentir une sorte d'accord entre la fragilité de ses os et la délicatesse de son toucher. Elle lui lança tranquillement :

— Cinquante et un ans de disette, hein ?

Il tomba dans une sorte de rêverie. Puis il lui demanda soudain :

— As-tu déjà fait ça dans un tas de foin ?

Elle éclata d'un rire frais, un rire qui éclôt comme l'œuf qui laisse sortir un être encore malhabile ébloui par son premier rayon de soleil.

— Non !

— Eh bien, je vais te dire une chose : ça pique !

Cette fois ils rirent ensemble. Se laissant bercer par son mouvement assuré, il commença à se détendre.

— Oh ! Rebecca, si tu savais comme ma vie a été longue !

Des larmes se mirent à remplir sa paupière molle puis les crevasses de sa joue.

« J'ai tenu le coup tout ce temps. Tout ce temps j'ai tenu le coup. Je t'en supplie, ne m'en veux pas. Je suis vieux, oh ! Rebecca, tu n'as pas connu la vieillesse. Tu n'as pas vu l'histoire de ta vie s'étirer, s'étirer assez pour ne plus la reconnaître. Quand ta vie est trop longue et que tu regardes ton passé, tu ne crois même plus à ce que tu vois à l'autre bout...

Et puis, quand tu te retournes de l'autre côté, tu vois... »

Rebecca laissa sortir spontanément le mot qui devait logiquement conclure la phrase que le vieux n'arrivait pas à terminer :

— La mort ?

— La mort n'est rien. C'est la fin de ma vie qui me paralyse.

Il se remit à pleurer comme un enfant.

— Je vois arriver la fin de ma vie, je vois couler les grains du sablier sans savoir combien il en reste. Et je regrette...

— Tu regrettes ?

Voilà qu'elle s'était remise à le tutoyer. Il se ressaisit.

— Y a-t-il du mal à regretter ?

— Non.

Elle était revenue devant lui. Contemplant son petit gilet court, il lui mit les mains sur sa taille dénudée. Sa peau était tellement douce qu'elle lui semblait irréelle. Rebecca, l'autre, la disparue, avait sans doute déjà eu la peau aussi douce. Mais il ne s'en souvenait même plus.

Il resta pensif un instant puis lui déclara :

— Tu me trouves vieux et tu as raison. C'est avant, bien avant que j'aurais dû te faire venir. En fait, tout cela aurait dû se passer à une époque... une époque où...

Il réussit avec peine à prononcer ces paroles entre ses sanglots :

— À l'époque où je n'aurais pas eu besoin de payer pour avoir une fille dans mon lit.

— Émile, arrête de dire que tu es vieux.

— Le privilège de l'âge, ma petite, c'est de savoir regarder la vérité en face ! Je suis un vieux croulant, un vieux pervers, un vieux très vieux, et je te fais venir, sans égard pour toi, pour ta vie, juste pour me payer un plaisir vicieux qui n'est plus de mon âge et qui ne m'apportera rien ! Et ma Rebecca, la mienne, la vois-tu ? Elle est là, elle nous regarde ! Elle a été tellement fière de moi, jusqu'ici ! Elle me chuchotait, tous les jours, dans l'oreille : « Tiens bon, Émile, tu fais bien ça ! Tiens bon, je suis ton ange et je t'attends ! » Tous les jours... tous les jours que le bon Dieu amenait, j'ai dit non, j'ai dit non et j'ai tenu bon !

Il se leva.

— Va-t-en, Rebecca, va-t-en !

Elle ne savait plus s'il parlait à elle ou à son ancienne femme. Puis il fit un geste méprisant envers elle, et elle comprit.

— Émile, rassieds-toi.

Saisi par son ton, il obtempéra.

— Ce n'est pas vrai, Émile, ta Rebecca ne t'a pas dit de tenir bon. Elle t'a libéré de ton serment. C'est toi qui me l'as dit, tu te souviens ?

Émile était perdu.

— Émile, je suis sûre que ta Rebecca est fière de toi, c'est vrai. Mais là où elle est, Émile, on ne voit pas les gens comme ici.

Il était surpris.

— Non ?

— Non. On voit les gens comme ils sont. Pas comme ils voudraient être.

— Autrement dit, elle sait déjà ?

— Que tu passes à l'action ou non, elle connaît ta souffrance. Que tu aies des remords ou non, elle sait qui tu es.

Émile laissa tomber sa tête sur le dossier de son fauteuil. Puis elle lui prit la main. Il se leva sur son invitation et ils se dirigèrent vers le grand lit.

Pour Émile Francœur, les minutes qui suivirent furent marquées par un tremblement de terre, un séisme ouvrant une crevasse. Et tout d'un coup, il était rendu de l'autre côté de la crevasse. Dorénavant, il y aurait l'avant, et puis l'après.

*   *   *

À minuit et quart, Stéphanie entendit sa coloc rentrer. Les flûtes à champagne étaient sorties, et elle était justement en train de saisir la bouteille. Elle s'affaira joyeusement à faire sauter le bouchon pendant que Rebecca lançait son chapeau sur la patère et se débarrassait de son manteau.

— Pas fâchée d'être rentrée ! Champagne ?

— Champagne !

Stéphanie tendit un verre plein à Rebecca en lui demandant :

— Alors, finalement, c'était qui ?

— Bof. Un vieux. Tchine !

Fausse note

Quand... je commence ! à jouer une pièce de piano ?... la, première, fois, que je la regarde — j'ai peur. Toutes ces... nottttes ! Tous ces rythhhhmes ! Tous ces d1oi2g3t4és à vÉéérIiiiifier, à rÉééinventer, à se « rentrer » dans les doigts.

Ensuite, puisqu'il le faut, je m'y mets. D.ès leds prdemuières notres, je nme rends raopidemnent comptre qye mes doights ne soint pasd ;a la bonnre plkace, ce quyi m'obligre à avorter cert... tr... ; je m'arrête constamment, pour dé-chif-frer, pour dé-cor-ti-quer, pour vé-ri-fier. Par moments, je m'emporghte, j'essaire-de-touyt-jouer-touyt-d'un-coup, ne pas troip m'arrèter, faire commre si je swavais jouer tout de suitre la pièce. C'et l ;a qye sr mettrnt à cascadrer les fauddes notes.

Très rapidfement je « sens » laf piègce ou jeg neg las sensf pass. Cburieusemenbt, lorsqueb lad piègce a nété chofisie au hgasard, trsès souvvent, jes ne lah « sensf » pass. Qu'ihmporte.f Le hassard a vdécidég, alors jse m'achharne sbur la pjièce.v De touteb façon, vtoutes lges piècnes ne mvéritendt-elles p as d'être jouée s ? Si usne pièceg ne me tnouche pads, n'enst-ce pavs seulemment zparce qug'elle a dess charmgbes camchés cqu'il nn'en tibent qsu'à mloi dev décosuvrfir ?

Pogurtant, ilg y sa dehs pivècesf dont jej sens las granderur dès mle prevmier ebssai, gsi mavlhabilje soitf-il. Cohmme csette sbonate dfe Beethoven qugi m'na fasit pleurer.

Et pucis c'ecst là qcue covmmence l e tracvail. Enx privncipe, quaxnd on commcence une pixèce, il faut la jouer len-te-ment, preeendre le temps de savoir où mettre ses doigts, un par un, créer les automatismes à la vitesse que la nature permet.

Mais rdapidementa, aprèsf les prhemièrebs lectucres, cea qui hse passve, c'egst que jge me mets và jouer mnes piècesf machinalhement. Tohujours de la fmêmed magnière. Tohujours de la fmêmed magnière. Tohujours de la fmêmed magnière. Tohujours de la fmêmed magnière. En budtant budtant butgant butgant butdant toujours sur les mêmes passages, en continuant comme s'ils n'existaient pas, et en rdecommençdant la piDèce au compglet comfme si la rgéussite nes dépefndait qsue dug nofmbre sde répfétitions. On dit qu'il fdaut sfouffrir pouar êtfre beaau. Je cdrois que j'fai touhjours crfu, danss mong inconsncient, qu'ils en alglait de mêmfe posur ugne pigèce deg mufsique. Elhle doist sougffrir pour êgtre bfelle. Le bfourreau égtant bien sfûr smoi-même.

Il mef sembfle que pluds je m'faurai adcharné sugr unfe piègce, plus je m'faurai adcharné sugr unfe piègce, pluds je m'faurai adcharné s plus je l'aurai rétpété répnété récpétée sovuvent souvdent soucvent, plus je *méri-terai* d'arriver à bien la jouer. Autfrement dit,g jouer aune pièhce combme idl faugt dun premifer counp n'afurait anucune valeur.

Il vfa safns difre quse vfoir aifnsi sfa pratique fde fpia-nosd peut s'avédrer extrêfmfement fabtigant.

Certes, en fbon gafrçon, en bdon élève dde piadno, je fvais réguflièrement prendre cerfdtains pasdfsages edft leds

t-r-a-v-a-i-l-l-e-r

    t-r-a-v-a-i-l-l-e-r

        t-r-a-v-a-i-l-l-e-r

        i-s-o-l-é-m-e-n-t

    i-s-o-l-é-m-e-n-t

i-s-o-l-é-m-e-n-t.

Mais en yles répéjtant encnore et tboujours, combme l'ennsemble lna p ièce, en rmefaisant ibnlnassablement lnes mêmebs errneurs, lnes mêmebs errneurs, lnes mê-mebs errneurs, lnes mêmebs errneurs, parfois en les M-A-R-T-E-L-A-N-T pour fafire pafssaer mfa *RAGE* de nec jacmais y arrviver — ma rabge dec ne pans crogire que je pbuisse y avrriver?

Malgbré tout, au fil des joburs, des semaines et fdes mois, la répétitfion, tant bien que mral, commencge à montrer des effets bénéfiques. Tranquilglement, la pièce «se met en pglace», certains automatismes s'installent, je peux allier, dans certains pasfsages, le lyrisme et la cor-rection technique.

Puis vient un moment où je sens que la perfection pourrait se matérialiser; vient un moment où tous les

passages sont maîtrisés, où je peux jouer n'importe quel
extrait exactement comme il faut.

Vient enfin un moment, extase indescriptible,
Où, frémissant, j'effleure enfin l'inaccessible.
Vient enfin un moment
Où l'anticipation fait basculer mon âme,
Où je sens que mes doigts, soudainement dociles,
En héros aguerris se jouant des périls,
M'amènent en courant là où l'esprit se pâme.
Vient un moment enfin
Où le début me semble plus loin que la fin,
Où les demi-soupirs aiment les doubles croches
Oui, il vient un moment
Où la musique et moi sommes enfin amants.
Un moment où je sens que le grand jour approche,
Que la félicité est enfin pour demain,
Vient enfin un moment
Où la perfection est à portée de main.

Alors, heureux du travail accompli, je m'installe au
piano, triomphant, pour devenir l'instrument de la perfection. Mais chadsque fois, chdaaque malheuareuse
fois que j'adentame la pièce, il y a un passadage que je
radte. Jamais le même. Ce sera parfois à la mesure 13,
parfgois à la mesure 21, d'autres fnois à la mesure 81, autant de passages que je jouerai parfaitement la fois suivante... pour mieux me planter dans un autre passage
joué correctement la fois précédente.

La peur de l'achèvement éloigne celui-ci comme l'horizon se défile au voyageur.

Poussière

Il avait repéré l'arbre la veille. Ce genre de chose doit se faire rapidement. Sinon, l'arbre serait vite devenu un arbre comme les autres.

Bien sûr, il avait pensé à sa femme, à ses enfants. Il ne les laisserait pas seuls. Il les emmènerait avec lui. Cruauté? Amour?

Et puis tant pis. On le jugerait. Les morts ne craignent pas les tribunaux.

Cet engin le fascinait depuis toujours. Le vendeur appelait cela une « auto ». Mais pour lui, c'était un amas de tôle auquel on avait temporairement donné une forme compréhensible, assimilable, nommable, utile. Cette masse de métal, qui avait mille fois l'âge de la race humaine, avait été transformée par l'homme pour un risible instant. Sur une petite plaque qu'il avait rivée sous le châssis de l'automobile, il avait gravé : « Tu es métal et ne seras jamais que métal. »

Ce mélange de la chair, si jeune et accomplie, avec ce matériau brut, si noble et froid, n'était pas non plus sans le fasciner. Ils arriveraient avec les « mâchoires de vie », tenteraient d'extraire ce qui resterait pour retourner la poussière à la poussière et la tôle à la terre, séparément. Il aurait préféré le compactage de la décharge. Tout en un. Ne sommes-nous pas tous de même nature ?

Mais, bon : qui écrirait ça dans un testament ? On l'invaliderait.

Le compteur de vitesse se maintenait au sage palier de 100 km/h depuis un certain temps déjà. Il était respectueux de la loi. Mais enfin, tout allait éclater. Le moment était venu. L'arbre venait d'apparaître au loin.

Dangereuse, meurtrière vitesse. Il le savait. Il l'avait su toute sa vie. Enfin, il défiait le danger. Il regardait en pleine face les peurs de toute une vie. Il avait son destin entre ses mains. La puissance de son moteur l'étonna, l'enivra, l'apeura. La collision serait terrible. Il entendait à peine les cris des passagers. Une seule phrase lui montait du cœur : « Je vous aime. »

« Je vous aime. » Pourquoi ne pas l'avoir dit avant ? Comment le dire, avant ? Pourquoi est-il plus facile de communiquer les émotions par un acte que par des mots ? Comment l'inadéquation entre l'émotion et l'action peut-elle être si grande ?

« Je vous aime. » « J'aurais aimé vous aimer plus. » « J'aurais voulu vous aimer mieux. »

« J'aurais voulu que vous m'aimiez à la folie. »

Ce gouffre dans lequel il allait les jeter, au fond, il avait vécu dedans toute sa vie.

Il aurait voulu qu'ils l'entendent, mais l'instant n'était pas aux réalités matérielles. Le son, la voix, tout cela n'avait déjà plus de sens.

Issue

Chers amis,

À l'heure où vous lirez ces lignes, je ne serai plus là. Je serai mort, par la mort qui m'a toujours semblé la plus atroce : la noyade.

Vous expliquer pourquoi, ayant décidé de mettre fin à mes jours, j'ai choisi la voie qui, toute ma vie durant, m'a paru l'une des plus épouvantables ne saurait être une tâche facile. Pourtant, je ne puis résister au besoin de laisser une trace avant de mourir. Une note explicative sur mes dernières émotions. À défaut de les vivre, au moins les dire.

Si j'ai décidé de quitter la vie, c'est à cause d'une sensation intolérable au fond de la gorge. En fait, tous mes sens sont mêlés à cette impression diffuse, mais ô combien pesante et persistante, que la vie passe sans que je n'y trouve une place, une place qui soit mienne. Mes yeux revêtent tout ce que je perçois d'un voile gris et noir, mes oreilles bourdonnent, mon nez retient l'air censé me garder en vie, et ma peau, ma peau...

Ma peau est trop grande. Elle est trop physique. Ma peau trahit ma présence dans un monde hors de moi.

Ma peau est trompeuse. Ma peau laisse croire que je suis fait de la même matière que mon milieu.

Or il n'en est rien. Mon milieu m'est exogène. Étranger. Étrange.

Et puisque c'est ce malaise constant et obsessif qui me précipite dans le gouffre de l'au-delà, il me semble naturel et obligé que le passage de la vie à ma mort soit à l'image de ce malaise qui me rejette, et même, en soit le paroxysme.

À l'heure où vous me lirez, je me serai rendu au milieu du lac, seul dans une barque. Là, je me serai attaché les pieds à une pierre que j'aurai trouvée sur la berge. Je trouverai bien aussi le moyen de m'attacher les mains derrière le dos. Sinon, la pierre seule fera l'affaire.

Inspirerai-je une dernière fois jusqu'au fond de mes poumons avant de me jeter à l'eau ? Peut-être. L'instinct. Le respect de ce qui doit être fait. Peut-être pas non plus. La logique. La cohérence de l'acte.

Et puis, je plongerai pour vivre ce que toute ma vie j'ai redouté de vivre. On dit que le suicide est un acte de liberté. J'aurai choisi de mourir de la dernière manière que j'aurais voulu me voir imposer. Courage ? Conséquence.

* * *

Lorsque l'eau noire du lac m'eut englouti, je fus saisi d'un premier moment de panique extrême. Presque instantanément, lorsque je compris que malgré tous mes efforts physiques, j'aurais réussi et je mourrais transpercé par ce monstre qui m'enveloppait, je me débattis de toutes mes forces. Je n'aurais pu vivre cette expérience exacerbée sans y mettre tout mon être physique et moral.

Je ne savais plus si je devais tenir mon souffle ou précipiter ma fin. Mille questions futiles sur le sort de mon âme et sur celui de mon corps m'assaillaient.

Et soudain, la beauté de la vie que je quittais me sauta au visage. Dans toute sa simplicité. Là était la clé : la simplicité, cette porte que je m'étais toujours refusé à ouvrir. En un sens, il était trop tard. D'un autre côté, il fallait sans doute cette extrémité pour que s'ouvrent mes yeux.

Finalement — l'aurai-je choisi ? —, je sentis, par un mouvement de l'appareil respiratoire qui criait vers cette vie qui aurait pu être, l'eau pénétrer par mon nez et remplir mes poumons.

Puis le noir physique qui m'environnait déjà s'empara aussi de ma conscience.

Si peu de temps pour vivre ce que j'aurai si farouchement redouté durant toute une vie.

Inquisi-cœur

On sonne à la porte. J'ai du mal à sortir de mon rêve. Je pense à ces tactiques des policiers, qui choisissent de faire certaines arrestations à domicile à cinq heures du matin pour mieux vous désarçonner et vous humilier.

Mais non : il est huit heures. Et puis, nous ne sommes pas dans un État policier.

On re-sonne. Amélie n'ira pas répondre. Elle est trop gênée avec les inconnus. Rien ne dit que c'est un inconnu, mais rien que cela, c'est déjà de l'inconnu.

Troisième coup de sonnette. J'essaie de crier «J'arrive!», mais j'ai la voix enrouée. J'enfile tant bien que mal ma robe de chambre. Je passe rapidement devant le miroir pour m'arranger les cheveux. Qui cela peut-il bien être? La voisine ne peut pas avoir besoin de sucre à cette heure. Du lait, peut-être?

La pluie bat les vitres. Arrivée à la porte, j'entrevois à travers la fenêtre un homme des plus singuliers. Un peu trapu, droit et noueux comme un chêne, la tête un peu penchée, le nez impudent.

Toutefois, le plus étonnant, c'est la tonsure et la soutane.

Je me frotte les yeux, je me demande si c'est l'Halloween, ou le poisson d'avril.

Mais non, il me semble bien que nous sommes quelque part au mois de septembre.

Impatient, il me fait signe d'ouvrir.

Il m'a l'air inoffensif. Incongru, mais inoffensif. J'ouvre donc.

Il n'est pas sitôt entré qu'il se met à fureter dans la maison.

Je finis par comprendre : nous sommes le 30 septembre, fête des traducteurs. C'est un collègue qui me fait une blague.

— J'ai trouvé, dis-je triomphante : vous êtes saint Jérôme, patron des traducteurs !

Je m'attends à ce qu'il se joigne à moi dans mon éclat de rire. Or, il se retourne brusquement et me dit lentement :

— À votre place, madame, je ne rirais pas.

Il roule les « r » d'une façon qui donne des frissons. Il parle comme un tortionnaire allemand qui aurait fait un long séjour en Transylvanie. Je ne connais pas cet homme. D'ailleurs, il a certes un déguisement, mais pas de masque, pas de maquillage. Si c'était un collègue, je le reconnaîtrais.

Pourrait-ce être le vrai ? Je n'aurais jamais imaginé que saint Jérôme eût eu un visage aussi dur.

— Madame, vos conjectures sont pitoyables. Vous feriez une bien piètre inquisitrice.

— Mes conjectures ?

— Vous me prenez pour un moine dalmatien du IVe siècle alors que je suis né au cœur de l'Espagne plus d'un millénaire plus tard...

— Oh, vous savez, pour moi, un moine, c'est un moine...

— Je ne vous ferai pas chercher plus longtemps, car je suis pressé : je suis Tomás de Torquemada !

— Torquemada, le Grand Inquisiteur ?

Je recule de deux pas. Il n'a pas l'air de blaguer. Quelque chose de surnaturel entoure cet homme. Il a des flammes dans les yeux. Je hasarde tout de même :

— C'est que... Torquemada est mort depuis longtemps !

Il me regarde de haut.

— Mort ? Vous me faites pitié. J'imagine que vous croyez aussi qu'Elvis est vivant sur une île ?

— Mais... je... ce n'est pas la même chose...

— De toute façon, je ne suis pas venu pour cela. Si nous parlions un peu de ce qui vous est arrivé cette semaine ?

— Moi ? Il ne m'est rien arrivé cette semaine !

— Ah non ?

Il continue de scruter ma maison pièce par pièce. Arrivé dans ma chambre, il trouve mon livre de chevet et me le montre, avec une moue de dédain :

— Vous lisez ça ? Pas étonnant qu'il vous soit arrivé ce qui vous est arrivé cette semaine !

— Monsieur, il ne m'est rien arrivé de particulier cette semaine !

— Taisez-vous, nous y reviendrons ! Pour le moment, vous allez me faire le plaisir de brûler ce livre !

— Brûler mon livre, mais voyons, on ne fait plus ça depuis...

— *Moi*, je le fais, madame !

— Mais qu'est-ce que vous lui voulez, à mon livre ?

— Il vous nuit.

— Allons, c'est absurde : *Retrouver l'enfant en soi*, c'est un livre pour nous aider, pour nous aider à...

Il se tourne brusquement vers moi.

— Vous voulez retrouver l'enfant en vous ? Vous savez ce que ça veut dire ? Vous avez passé quarante ans de votre vie à sortir de l'ignorance et de la vulnérabilité de l'enfance, à vous former l'esprit et le caractère, à vous perfectionner, à devenir une traductrice hors pair, appréciée par vos clients, admirée par vos collègues, fière de votre travail et à bon droit, bref, à sortir de l'état infantile dans lequel vous avez commencé votre vie, et vous voulez quoi, maintenant, y retourner, tout perdre, tout oublier ?

— Je crois que nous avons beaucoup à apprendre des enfants... le regard qu'ils posent sur...

— Belles phrases de rêveurs, mais vous n'en croyez pas un mot vous-même ! Dans la vraie vie, ce sont les adultes qui éduquent les enfants, pas le contraire !

— Je crois que vous ne comprenez pas, il ne s'agit pas de cela du tout...

— C'est vous qui ne comprenez pas. Vous lisez des choses qui vous dépassent. L'enfance est un état inachevé. Le poulain titube dès qu'il touche le sol, mais rapidement, il devient un fier coursier et ne retourne pas en arrière. L'oisillon est fragile ; il peut se tuer en tombant de son nid, mais une fois qu'il a pris son essor, le ciel est son domaine pour le reste de ses jours. L'enfant babille un temps avant d'articuler ses premières paroles, et il a la frustration de ne pas pouvoir se faire comprendre, mais ensuite, c'est irréversible : il peut s'exprimer avec toutes les nuances que lui permet le langage humain ! L'être humain est appelé à grandir, à tendre vers l'avenir, et non à régresser !

— Je continue de croire qu'en grandissant, on ne fait pas qu'acquérir : on perd quelque chose. Une façon de voir, de voir les choses, de voir notre entourage...

Il n'entend pas ma réponse. La cause est entendue. Il continue d'explorer la maison.

— Et l'ordinateur, il est où ?

Il trouve mon bureau avant que je lui réponde.

— C'est donc ici que vous avez fait ça.

— Fait quoi ?

— Asseyez-vous.

— Ça suffit maintenant ! Allez-vous-en, ou j'appelle la police !

— C'est moi, la police, mon enfant !

Il me passe sans ménagement de vieilles menottes lourdes et rouillées qui sentent le fond de cave puis, me pousse sur une chaise. Il s'assied à côté de moi, ouvre sa mallette et me remet quelques papiers numérotés comme des pièces à conviction.

— Vous reconnaissez ces textes ?

Je prends ses feuilles. Je m'attends à voir des traductions que j'ai faites. Mais non : ce sont des messages électroniques que j'ai écrits dans un forum de discussion pour traducteurs.

— Oui, c'est bien moi qui ai écrit cela.

— Et c'est tout ce que ça vous fait?

Je le regarde sans comprendre. Il se penche au-dessus des feuilles et me pointe trois mots surlignés.

— Les fautes d'orthographe, là. Deux. Dans un même message.

Je regarde plusieurs fois. Je rougis. Est-ce Dieu possible?

— Et ce n'est pas tout. Regardez.

Il me montre les autres feuilles; sur chacune brille un jaune fluorescent accusateur, à raison de deux ou trois passages par page: mots mal orthographiés, majuscules intempestives, virgules mal placées...

Soudain, il fait très chaud. Je regarde plusieurs fois les documents sans y croire. C'est sûrement une machination. Les inquisiteurs, dans le temps, ils devaient faire comme les policiers d'aujourd'hui qui mettent de la drogue dans l'auto d'un type qu'ils veulent coincer. Il veut me rendre nerveuse, il veut me faire chanter... D'autres ont-ils vu ces textes mensongers? Comment vais-je me défendre? Je pourrais sans doute recourir aux archives du forum, mais ce type-là est le Grand Inquisiteur, il y a sûrement pensé, il sait comment arranger les preuves, tripoter la réalité, surtout virtuelle... Allez, continue de réfléchir, Diane... Je pense à mes amis: il y en a sûrement quelques-uns qui ont gardé mes messages, qui pourront venir attester qu'ils étaient impeccables, que je n'ai jamais écrit de telles monstruosités...

Or, un doute insoutenable a déjà commencé à me pénétrer : et si j'avais *véritablement* commis ces fautes ?

Il s'est adossé et, muet, me regarde suer. Il sait tout ce qui se passe dans ma tête. Je n'ai pas besoin de lui demander de m'ôter les menottes : il les ouvre de lui-même, sachant très bien ce que je m'apprête à faire.

Dès que j'ai les poignets libres, j'ouvre Eudora pour voir mes messages. Catastrophe ! Les fautes sont bien là ! Elles sont là noir sur blanc ! Cet être ignoble aurait-il tripoté aussi mon ordinateur ? Tremblante, je tends la main vers mes copies de sécurité sur cédérom. Elles, il ne peut pas les avoir modifiées. J'en aurai le cœur net. Mais comment restaure-t-on ces machins ? L'inquisiteur me regarde sans dire un mot, patient, confiant. Je finis par y arriver et, non sans appréhension, j'examine les messages restaurés.

Les fautes sont là, inexorables. C'est bien moi qui les ai commises cette semaine.

Publiquement. Impudiquement. Au vu et au su des 200 membres du forum.

— C'est grave, dit-il, comme si je ne pouvais saisir par moi-même l'ampleur des dégâts.

Je comprends maintenant pourquoi il a pris la peine de se déplacer.

Je reste assise, terrassée, devant mon écran.

— Mais qu'est-ce que je vais faire ?

Il ne répond pas.

— Serai-je radiée de l'Ordre ?

— Il s'agit bien de l'Ordre, madame !

Il a raison, tout cela dépasse l'Ordre.

— Et votre honneur, qu'en faites-vous? Et la conscience professionnelle, c'est pour les chiens? On peut vous faire confiance, oui ou non? Une traductrice comme vous, vingt-cinq ans d'expérience, réputation impeccable, rigoureuse comme tout, envoyer de tels torchons à vos collègues! Que vont-ils penser de vous? Que *pourront-ils* penser de vous, dorénavant?

J'ai soudain vaguement l'impression qu'aucun collègue ne m'a écrit depuis plusieurs jours.

— Vous avez raison, monsieur, c'est inacceptable, je ne sais pas ce qui est arrivé, je... je devrais sans doute prendre des vacances...

— Des vacances? Vous auriez besoin de vacances? Ça veut dire quoi exactement? Que vous ne connaissez plus votre français dès que vous êtes un peu fatiguée? Madame, ne cherchez pas d'excuses idiotes: ces fautes sont là parce que vous ne vous êtes pas relue, parce que vous avez bâclé votre travail, parce que...

— Mais monsieur, ce n'est pas mon travail, c'est...

— Ce sont des messages électroniques, et des messages électroniques, c'est de l'écrit, et l'écrit, c'est votre métier. Adressés à 200 membres de votre profession, en plus, c'est un comble! On n'ose se demander comment vous écrivez à vos proches, ou comment vous...

Il se met à fouiller mon calepin de notes personnelles. Je le lui arrache des mains.

Amélie arrive à la porte du bureau. Elle a l'air triste et fâchée.

— Ce n'est rien Amélie, retourne dans ta chambre, maman va régler cela.

— Maman, c'est mon dessin...

— Ton dessin? Ce n'est pas le temps ma chérie. Tu ne vois pas que je suis en train de parler? J'irai te trouver plus tard.

— Qu'est-ce qu'il a, ton dessin, ma petite?, demande l'incandescent Torquemada.

Dans un mouvement instinctif, je m'interpose entre les deux et je repose la même question à ma fille. Elle a les yeux pleins d'eau.

— J'ai essayé de dessiner une souris!

— Et alors?

— Regarde, j'ai tout raté!

Elle me tend la feuille.

— Mais non, ma chouette, elle est splendide, ta souris, elle est très très...

Torquemada s'empare du dessin et l'examine. Il fait une grimace à mon intention. Terrorisée, je lui fais signe de ne rien dire. Il est évident que la souris d'Amélie ressemble à un éléphant. Mais il ne faut jamais dire à un enfant que ses dessins ne sont pas beaux. Il faut l'encourager, sinon il perd confiance...

Je sais que Torquemada n'est pas du genre à se laisser dicter sa conduite. Sans attendre, donc, pour ne pas courir de risque, je lui reprends la feuille, j'attrape Amélie par le bras et je sors du bureau avec elle. Je lui chuchote:

— Amélie, retourne dans ta chambre, ne t'occupe pas du monsieur, et j'irai te voir tout à l'heure. D'accord?

— Quel monsieur?

— Va dans ta chambre, je te rejoins plus tard.

— Je suis trop triste pour être seule.

— Eh bien tu n'as pas le choix ! J'ai des choses importantes à régler. Va !

Elle repart d'un pas lent. Je prends une grande respiration avant de rentrer dans mon bureau pour affronter mon destin. Comment vais-je régler tout cela ?

Quand je reviens dans mon bureau, il est vide. Volatilisé, le Torquemada !

Je fais le tour de la maison, je regarde dehors, je vais jusque dans la rue, personne !

— Maman, qu'est-ce que tu cherches ? fait Amélie en me voyant rentrer.

— Je... je cherche le monsieur, dis-je tremblante.

— Quel monsieur ?

— Mais... le monsieur... qui est venu...

Amélie observe mon silence. Puis elle me demande doucement :

— Et qu'est-ce qu'il voulait, ton monsieur ?

Je repense au motif de la visite de Torquemada. Quel cauchemar ! Comment vais-je faire pour me présenter de nouveau devant mes collègues ? Si ça se trouve, mes clients sont peut-être déjà au courant ! Je me rends compte que je n'ai pas eu un seul téléphone de client hier !

— Qu'est-ce qu'il voulait, ton monsieur ? insiste la petite.

J'ai pour mon dire qu'il faut toujours dire la vérité aux enfants. C'est une façon de leur montrer à grandir et à affronter la vie telle qu'elle est.

— Le monsieur... le monsieur est venu me dire que je faisais mal mon travail, ma chouette.

Elle me regarde avec de grands yeux.

— Ça se peut pas. Tu es tellement bonne avec l'ordinateur !

Ces mots semblent sertis dans une admiration et un
amour venant du fond du cœur.

Mais je ne m'arrêterai pas à cela. Après tout, qu'est-ce
qu'elle connaît à tout cela ? Ce n'est qu'une enfant.

Le petit éléphant

Un grand vent d'apathie souffle dans mon bureau et fait voler mes feuilles. Apathie ? Apathie... Essoufflement, peut-être.

Ou résistance.

Traducteur. Depuis vingt ans. À quoi donc riment-ils, tous ces textes sans vers pour qui je perds mes jours ? Quelle fraction d'une vie méritent les textes qui ne chantent ni ne crient ? Au nom de quoi passer des heures penché sur l'aridité d'un rapport de technocrate ou la laideur d'un texte de propagande pendant que les cieux et l'humanité de Victor Hugo dorment sur une tablette à un tout petit étage de moi ?

Le fouet est usé. Il gît là, par terre, élimé, raccourci comme les poils d'une brosse qu'on a frottée sur le ciment jusqu'à plus rien. C'est mon dos qui l'a usé. Mon épuisement a eu raison de lui. Fouetter un travailleur, c'est bon au début. Mais à la longue, c'est aussi inutile que de donner des coups de pied à un mort.

Mon regard court sur la surface de mon bureau. Tout pour éviter ces phrases qui me sont *garrochées* de si loin pour entrer en anglais par mes yeux et sortir en français par mes doigts. Je suis saturé. Les mots me sortent par les oreilles, inondent mes cils, me picotent les jambes. J'en pisse.

Le petit éléphant est couché. Mort ? Épuisé ?

La dernière fois que je l'avais remarqué, c'était après avoir reçu mon nouveau mobilier. Je l'avais déplacé, comme tous mes autres bibelots, de mon ancien bureau à mon nouveau. Il était aussitôt retombé dans l'oubli. Comme d'habitude, par habitude.

Je me demande pourquoi on garde toutes ces babioles. Elles étouffent, bousculées par les piles de textes et la masse des dictionnaires à qui on accorde toute notre attention pour des raisons obscures. Pas si obscures, me souffle-t-on : c'est par elles qu'arriveraient le pain et le beurre.

Pour nourrir qui... pour nourrir quoi ?

Nos bibelots. On ne les voit que lorsqu'on déménage, et on n'a jamais le temps. Chaque fois, on se demande si on les garde ou non. Il y en a tant. Ils sont là, et poussiéreux, depuis si longtemps. Après avoir somnolé dans l'ombre pendant des années, ils basculent sous les projecteurs, l'espace de quelques secondes, balançant au-dessus de l'abîme entre l'accueil et le rejet. Leur sort dépend de nous. Puis on leur jette un regard attendri, on les trouve beaux, et finalement on les garde.

En se promettant de ne plus les oublier. Sans rire.

Le petit éléphant blanc, j'avais même pris la peine de le mettre sous mon moniteur. Depuis des mois, ainsi, je l'ai littéralement sous les yeux. Pourtant, il a fallu que le fouet soit fini, que les mots débordent de ma calotte crânienne, que j'en sois rendu à la dernière extrémité pour que je jette à nouveau un regard sur lui.

Pourquoi donc l'ai-je gardé ?

Je le remets sur pied. Tout compte fait, il a l'air plutôt bien. Ni mort ni épuisé. Apparemment, c'est un simple problème de négligence. Il me susurre qu'il aimerait bien être capable de se relever tout seul, mais c'est impossible. À cause de la façon dont il est fait.

Par réflexe, je porte ma main au fouet. Un coup de fouet, ça vous relève un animal en un rien de temps. Mais bon : il est en plastique. Vice de conception, défaut congénital, appelez cela comme vous voudrez : fouet, pas fouet, il ne peut pas se relever tout seul.

Soudain, je crains d'être comme lui.

Je regarde en l'air. Y aurait-il quelqu'un, une main, quelque part, d'un plus grand que moi, qui aurait la bonté de me relever ?

Personne. Seulement des marques de lanières, au plafond, souvenir d'un jour où je m'étais montré particulièrement zélé.

Et s'il y avait quelqu'un, je ne sais pas si je me laisserais faire.

Songeur, mon regard se met tranquillement à décrire une spirale autour de mon éléphant. Il y a là tout un petit monde. Une coccinelle-trombone. Une minuscule tortue en céramique. Je ne sais même plus qui m'a donné tout cela. Mes enfants, certainement, mais je ne sais plus toujours qui, ni dans quel ordre. Oui, je sais : comme père, on fait mieux.

Tiens, le fouet a-t-il remué ?

Mon regard agrandit son cercle. Un bulldozer miniature offert par une collègue en guise de clin d'œil ; une touchante carte de souhaits de ma bien-aimée ; une photo de vacances encadrée dans du papier de construction par ma petite. Quelques dessins et bricolages.

Et tout autour, mes murs, que je me suis décidé à repeindre de couleurs vives récemment, après des années passées à travailler dans une salle blanche impersonnalisée par moi-même.

Même ce cadre de l'oncle Gontran. Arrivé comme un cheveu sur la soupe, comme tout ce qui vient de Gontran. Je n'en voulais pas. Pas question de tolérer la présence de Gontran dans mon bureau. Après tout, c'est chez moi, ici. Tout cet espace vide m'appartient. Mais j'ai été faible, et le cadre est là. J'aurais pu résister. Je serais un peu plus seul.

Donc, ils sont là tous les deux, Gontran et son cadre. Victor Hugo aussi est là, à un étage de moi. Sapristi, mais le monde entier est là. Où était-il passé durant tout ce temps ?

Dernier coup d'œil sur mon pauvre fouet. Je ne sais pas s'il existe là-haut un être qui pourrait me remettre sur pied. Je constate cependant que je n'ai eu besoin de personne pour me mettre à terre.

Dernier coup d'œil sur mon petit éléphant. Il aurait bien besoin de quelqu'un pour s'occuper de lui.

C'est ça. Je sais maintenant pourquoi je l'ai gardé.

La libération de Bob Bordo

« Dieu aurait-il fait le monde pour le damner ? »
(PASCAL)

C'était la veille de Noël. Je n'avais pas tellement envie de rencontrer Bob Bordo, mais les rendez-vous à la prison étaient difficiles à obtenir, et pour une raison que je ne m'expliquais pas, c'était un 24 décembre qu'on m'avait réservé pour ce condamné-là.

À mort. Bob Bordo était condamné à mort depuis neuf ans. La date fatidique, reportée deux fois, était maintenant fixée au 13 mars de l'année suivante. Je faisais partie d'un groupe de défense des droits de la personne qui militait pour une annulation en bloc de toutes les condamnations à mort de l'État. Notre plan d'action consistait à recueillir les témoignages des condamnés afin de dresser d'eux un portrait humain qui pût faire fléchir l'opinion publique et donner ainsi plus de force à nos pressions auprès du gouverneur, seul habilité à casser une condamnation à la chaise électrique. Bob Bordo était le premier que je devais rencontrer.

La poudrerie m'empêchait de voir à deux mètres. On était loin de la « nuit de paix » de la chanson. Les gens paniquaient, les longs voyages étaient compromis, la moitié de la population ne pouvait rejoindre la famille pour ces retrouvailles tant prisées. La plupart restaient coincés chez eux, d'autres, entêtés, se risquaient sur les routes. Beaucoup se retrouvaient dans les fossés ; on signalait déjà des accidents mortels.

Moi, je croyais à ma mission, et puis, qui sait à quand on m'aurait remis le rendez-vous si j'avais annulé, alors je fonçais.

Dans la prison, c'était le calme plat. J'aurais juré avoir changé de monde, être sorti du temps. On n'entendait plus le vent, ne voyait plus la neige. On m'aurait annoncé tout d'un coup que le soleil brillait dehors que je n'aurais pu garantir qu'on me mentait.

La pièce où je devais rencontrer Bob Bordo était froide et nue. Il était déjà là quand on me fit entrer. Il n'avait pas l'air intéressé à me voir. Je ne savais pas si on l'avait consulté, s'il avait eu le choix de me recevoir ou non. Je commençai par me présenter :

— Je m'appelle Frank Goodman. Vous pouvez m'appeler Frank.

— Pas besoin de ta permission.

Je poursuivis sans broncher :

— Notre organisation fait des pressions pour convaincre le gouverneur d'annuler toutes les condamnations à mort.

— Pour quoi faire ?

J'ai cru qu'il m'avait mal compris.

— C'est pour que le gouverneur annule votre condamnation à mort.

— Oui, j'avais compris. Comme ça, Frank, t'as décidé que je devais pas mourir ?

— ... Ce n'est pas votre avis ?

— T'es qui pour décider si je dois mourir ou non ?

— Mais... c'est le contraire ! C'est eux qui vous ont condamné à mort ; nous, nous voulons faire annuler cette décision.

— C'est ça que je dis : t'as décidé que je devais vivre. Et tu te bases sur quoi ?

Jusque-là, dans ma jeune vie de militant, je m'étais préparé en long et en large pour défendre mes idées auprès des décideurs politiques, des médias et du grand public, mais jamais je n'avais imaginé qu'il me faudrait un jour convaincre les premiers intéressés.

— Écoutez, Bob, personne n'a le droit de prendre votre vie. C'est contre la *Déclaration universelle des droits de l'homme*.

— Et moi, j'avais le droit, de prendre la vie des autres ?

Devant mon air étonné, il renchérit :

— Sais-tu au moins ce que j'ai fait pour venir ici ?

— Euh... oui... un peu... j'ai lu le dossier.

Je ne l'avais pas lu tant que ça.

— Bon. Ça fait que dis-moi ça : les deux filles que j'ai tuées, et ma blonde, elles en avaient, des droits, comme moi ?

Je ne savais plus quoi dire. Devais-je renoncer ou rester ? Rester pour quoi ? Essayer de convaincre un meurtrier qu'on devait lui épargner la vie ?

Il avait l'air amusé de voir mon embarras. Il prit l'initiative de poursuivre, sans doute pour le plaisir de m'enfoncer un peu plus dans les sables mouvants.

— Je les ai pas juste tuées. Je les ai violées, aussi. Avant.

D'après toi, c'est quoi le plus grave ? Violées ou tuées ?
Est-ce que ça le dit, ça, dans ta *Déclaration* ?

Il était évident que ce type-là ne voulait pas être sauvé.

— Je n'ai rien à faire ici. Au revoir et bonne chance.

— Woup, woup, woup ! Minute, mon *chum* !

Je m'arrêtai, lui tournant toujours le dos.

— Reste donc un peu, Frank. J'aime ça jaser avec toi.
Et puis, t'étais pas venu pour m'écouter ?

Je me rendis compte que la vraie réponse était « non ».
Je n'étais pas venu pour l'écouter, j'étais venu pour défendre ses droits. Auprès de tout le monde sauf lui. Je
n'avais jamais pensé qu'il fût parfois nécessaire de défendre une personne contre elle-même. Je ne savais pas
trop si cela se faisait, mais je me dis qu'en restant encore
un peu, j'aurais le temps d'y réfléchir. Je fis demi-tour et
me rassis.

— Laisse-moi te conter ça. Je pense que tu vas mieux
comprendre. La première fille, je l'avais croisée dans la
rue un vendredi soir. Elle avait une mini-jupe de cuir
noire...

Je me ressaisis :

— Ça ne m'intéresse pas, Bob. Peu importe ce que
vous avez fait, ça ne mérite pas la mort. Personne n'a le
droit de prendre la vie d'une autre personne, peu importe ce que cette personne a fait.

— Justement, c'est ça que j'ai fait.

— Oui, mais...

— Écoute donc mon histoire, Frankie : j'ai violé et tué
deux filles, puis je suis revenu à la maison, j'ai dit à ma
blonde ce que j'avais fait, et tu sais pas quoi ?

J'imaginais facilement la suite : la conjointe avait fait une crise d'hystérie et lui l'avait tuée en voulant la faire taire, ou alors elle avait menacé d'appeler la police et il avait voulu éliminer ce témoin gênant.

— Tout de suite, elle m'a dit qu'elle me protégerait.

J'ai levé les yeux vers lui.

— Et vous l'avez tuée ?

Se pinçant les lèvres, il fit un petit signe de tête affirmatif, un petit coup sec, franc, sans émotion apparente, un peu comme un enfant qui ne sait pas encore s'il se fera gronder.

— Mais pourquoi ?

— Je la croyais pas.

Il avait détourné son regard pour prononcer cette dernière phrase. Il y eut un silence, puis je lui dis :

— Dites plutôt que vous ne le preniez pas.

Il se leva d'un bond et balança sa chaise au bout de la pièce. Le gardien surgit. Pendant quelques secondes, tout resta suspendu. Le détenu se calma et je fis signe au gardien qu'il pouvait repartir. Bob me dit aussitôt :

— Toi aussi, tu peux partir. On a fini.

J'avais trop de plaisir de sentir pour la première fois depuis mon arrivée que j'avais le gros bout du bâton.

— Voyons, Bob, c'est la veille de Noël, et je suis venu pour vous écouter. Continuez ! Je ne comprends toujours pas pourquoi vous ne voulez pas m'aider à militer contre la peine de mort. Vous pensez que ça n'aboutira pas ?

— Tu comprends rien, Frankie. C'est pas une question d'aboutir. C'est les mêmes règles pour tout le monde. J'ai joué, j'ai perdu, c'est tout.

Je soupçonnai tout d'un coup que Bob avait vécu entre quatre murs sans horizon bien avant d'être entré dans une prison.

— Les mêmes règles pour tout le monde...

— À la maison, quand je désobéissais, le père me punissait. Je savais à quoi je m'exposais quand je faisais des mauvais coups, et j'avais tout ce que je méritais. La punition était annoncée, elle avait lieu, j'avais juste à me tenir tranquille.

— Vous aviez juste à... ça veut dire que si vous faisiez des mauvais coups, c'était *pour* avoir une punition?

— 'tu malade? Cette maudite ceinture-là, j'ai encore des marques dans le dos.

— Donc, c'était pourquoi?

Il n'avait pas entendu cette question. Manifestement, il ne se l'était jamais posée. Il s'était servi de ce raisonnement bidon du «j'avais juste à...» sans se rendre compte qu'il ne tenait pas debout.

La pensée de la ceinture l'occupait tout entier. Sa voix était devenue très grave.

— T'as jamais connu ça, toi, ça paraît. Une belle petite vie tranquille, que t'as eue, hein? Papa-maman t'aimaient, ils ont fait tout comme dans le petit livre, il ne s'est rien passé dans ta vie et pour mettre un peu de piquant, alors tu viens voir les gros bras comme moi qui font saigner les autres pis qui ont des prunes sur le front pour essayer de rallonger leur vie, c'est ça? Rallonger ta vie, ça vaudrait peut-être la peine. Rallonger la mienne, c'est une autre histoire. On dit «la vie», mais c'est pas parce que c'est le même mot que c'est la même chose. Tu le sais peut-être même pas, mais moi je dirais que si t'es venu ici, c'est pour mieux sentir que t'es de l'autre côté des barreaux. Pis dans un sens, je t'en veux pas, tu fais bien. Profites-en.

— Vous parlez de quels barreaux, là?

— Ceux que tu veux!

— Votre père, il vous battait souvent?

— Mon père me battait pas! Il me corrigeait. Et je le méritais.

— Oui, je le sais. Vous le méritiez parce que vous faisiez des mauvais coups. Vous *saviez* que c'était la ceinture garantie, vous *détestiez* cette ceinture, elle vous meurtrissait la peau, mais vous faisiez quand même le mauvais coup. Et personne ne se demande pourquoi.

— Je le méritais, c'est tout.

— Et là, vous méritez la mort.

— Je suis pas le seul à le penser.

— Mais vous, vous le pensez.

— Si t'avais vu le regard des membres de leurs familles.

— Oui, j'imagine.

— Non, t'imagines pas. Tu peux pas savoir.

— Quoi, ce n'est pas difficile à imaginer: de la tristesse, de la colère...

— Bof... de la tristesse, peut-être un peu, oui. Mais surtout, de la haine.

— Dites donc, Bob, demandai-je à voix basse, c'est quand, la dernière fois qu'on vous a regardé sans haine?

Il ouvrit la bouche pour répondre, hésita, me regarda intensément, comme s'il me jaugeait, puis soudainement je le vis abandonner son ton arrogant comme l'haltérophile laisse tomber ses poids.

« Il y a un rêve que je fais des fois. Je suis dans un hôpital, tout le monde est malade, tout le monde bouge, personne s'occupe de moi. Et il y a une jeune fille, blonde, jeune, belle, c'est la seule qui a aucun malaise. Et au lieu de sortir, au lieu de tous nous quitter, au lieu de laisser là ce monde de fous où tout le monde est malade et où personne s'occupe de personne, au lieu de vivre sa vie, elle vient s'étendre à côté de moi.

Et quand elle vient se coucher à côté de moi, on se touche à peine », ajouta-t-il pour que ce soit très clair, lui-même ébranlé par ce détail.

Il regardait dans le vide. Ce rêve-là avait l'air de l'habiter depuis longtemps.

Puis il reprit d'un accent sec et brutal :

— Jamais une fille va me regarder comme ça dans la vraie vie. Ta *Déclaration* peut pas me donner ça. Jamais une fille va me regarder comme ça. À moins que je lui cache l'essentiel.

— L'essentiel, c'est-à-dire votre crime ?

C'était bien ce qu'il voulait dire. Pourtant, le simple fait que j'aie posé la question avait soudainement remis en cause cette idée. L'essentiel était plus profond, et ce qu'il voulait cacher aussi. Il me tourna le dos.

Je tentai de poser quelques autres questions, mais il était inerte comme une potence un soir de pluie. Je le saluai, il ne répondit pas, je sortis.

La tempête faisait toujours rage. Sur le chemin du retour, je me demandais si je ne préférais pas vivre un Noël comme le sien, au lieu de le passer dans ma famille comme chaque année. On dit que Noël, c'est la nuit des miracles. Il me semblait que si un miracle pouvait se produire, c'était bien dans le calme d'une cellule, et non dans les beuglements, la musique insignifiante et la bière.

* * *

Le lendemain, je pensais encore à tout cela. J'étais mal à l'aise de ne pas avoir rempli ma mission. Je pourrais peut-être me réessayer. Je téléphonai à la prison à tout hasard, prétextant Noël et la solitude du bonhomme pour obtenir une visite exceptionnelle. À ma grande surprise, on me laissa venir.

La neige avait fait place à un ciel tellement froid et immobile qu'on s'attendait à tout moment qu'il se brise comme du cristal et se répande sur la terre en morceaux d'azur. Pas de doute, il s'était passé un grand changement dans la nuit.

Je savais quelle question poser à Bob dès que je le verrais, comme un vieux camarade :

— Salut, Bob, puis, as-tu rêvé à la jeune fille ?

— Oui...

Il n'avait plus le même visage, mais je ne m'en étais pas encore rendu compte. J'enchaînai par une banalité de circonstances :

— Vous faites quelque chose de spécial, ici, pour Noël ?

Il ne répondait pas, regardant toujours dans le vide. J'attaquai le sujet qui m'amenait là.

— Alors, si on reprenait, pour nos démarches auprès du gouverneur ?

Il finit par balbutier, l'air absent :

— Elle m'en voulait pas, elle... elle m'en veut pas.

— Qui ?

— La fille... Frank, tu crois que ça se peut ?

— Quoi ?

— Quelqu'un qui saurait tout de moi, et qui m'en voudrait pas ?

— *Toi*, tu sais tout de toi, Bob.

— ... Oui, je crois que c'est ça que je dis. Après tout, c'est mon rêve, non ?

Il avait l'air très ému. Moi, je ne comprenais pas trop, mais j'étais cette fois bien décidé à ne pas me laisser détourner de ma mission ; je décidai de revenir à mon point de départ :

— Alors, pour le pardon du...

— Le pardon du gouverneur !... Le pardon du gouverneur, Frank, qu'est-ce que tu veux que j'en fasse ? Le pardon du gouverneur ! Youpi ! Le gouverneur m'en veut plus, alors il me reste plus qu'à me faire pardonner par les dizaines de personnes à qui j'ai fait du mal, plus les milliers qui ont suivi mon histoire dans les journaux, c'est ça ? Le pardon du gouverneur, Frank, il changera rien à ce que j'ai fait.

Décidément, ce condamné à mort semblait penser à n'importe quoi sauf à l'essentiel : il ne lui restait plus que quelques mois à vivre.

— Ça n'est pas la question, Bob ! Le pardon du gouverneur, ça te permet d'éviter la mort !

— Héhé ! Pauvre Frank ! Éviter la mort ! Peux-tu m'en nommer un sur terre qui peut réussir ça ? On dirait que tu fais par exprès pour pas parler de l'essentiel.

— L'essentiel... ?

— L'essentiel, c'est que je peux pas me sentir, moi, depuis que j'ai tué deux femmes. L'essentiel, c'est que je me méprisais bien avant ça, de toute façon. Comment penses-tu qu'on peut arriver à tuer des gens ? La police, le juge, ça a été que des instruments pour moi ! Je m'étais jugé bien avant ! Tuer des gens, se couper du monde, faire des mauvais coups, c'est quoi, tu penses, sinon cracher sur la vie qui m'a été donnée, parce que j'ai pas le droit d'en profiter moi aussi ?

— Pas le droit ?

— Hier, je t'ai parlé de la façon dont leurs familles m'ont regardé. En fait, c'est pas juste eux autres : le regard de tout le monde est pareil. Presque tout le monde. Tout le monde qui est pas de ce côté-ci des barreaux. Quand on est en dedans, Frank, je veux dire, dès qu'on a fait quelque chose qui nous met du côté des méchants, on peut plus s'en faire accroire. Mais les gens qui restent de l'autre côté, ceux qui peuvent encore se dire qu'ils sont sans tache, t'as pas idée de l'énergie qu'ils mettent à te détester. Comme si leur vie à eux en dépendait. Leur vie, et leur place dans le monde. La petite place qu'ils ont réussi à se tailler, et ils sont pas vraiment sûrs, eux non plus, qu'ils la méritent. Et ils ont raison, parce qu'ils la *méritent* pas plus que moi. La seule différence, c'est qu'ils ont encore la chance de pouvoir cacher leur miroir dans le fond d'un tiroir. Ce que j'ai fini par comprendre, c'est à quel point, en fait, les gens dehors ont peur de nous ressembler. C'est une terreur qui traverse toute leur vie. La peur de pas mériter de vivre. Et ils le savent même pas ;

ils savent même pas à quel point ils ont peur, un jour, de se retrouver du côté des damnés.

— Voyons, Bob. Tu penses quand même pas que les parents des filles que tu as violées ont peur de devenir des tueurs ?

— Pas de ça en particulier, non. Ils ont juste peur, en général, de faire un acte impardonnable un jour. Sauf qu'ils en font plein ; tout le monde en fait plein. Et ils le savent ; tout le monde le sait. La différence, c'est que quand ça s'appelle un meurtre, on peut plus se le cacher.

— Oui, c'est sûr qu'il y a plein d'actes impardonnables, mais...

— Attends, Frank, j'ai pas dit ça comme il faut. C'est pas les actes qui sont pardonnables ou impardonnables.

— C'est quoi ?

— C'est les gens qui pardonnent ou qui pardonnent pas.

— Justement, je suis ici pour...

— Fous-moi la paix avec ton gouverneur, Frank ! Quand je dis les gens, je veux dire la personne même qui a fait la chose.

— Bon. Tu veux te pardonner toi-même, c'est ça ? Franchement, ça doit pas être sorcier.

À mon ton persifleur, il répondit par un rire qui me sembla plus indulgent qu'insolent.

— C'est là que tu te trompes, mon Frank. Et c'est pour ça que tout le monde me regarde avec tant de mépris. C'est parce qu'ils savent que s'ils faisaient quelque chose de grave, ils se le pardonneraient pas. Et plus ça va, plus ils avancent dans la vie, plus ils ont peur. Quand le lanceur est rendu à la huitième manche et qu'il a pas encore fait d'erreur, c'est là qu'il commence à être nerveux. Ils sont comme ça, les gens, à mesure qu'ils vieillissent, surtout que c'est en vieillissant qu'on se rend compte que notre barrage a des fissures. Tu le sais peut-être pas encore, Frank, parce que t'es trop jeune, mais plus on vieillit, moins on peut se mentir. En fait, des actes qu'ils croient impardonnables, ils en ont tous fait, et ils peuvent pas vivre avec ça. C'est pour ça qu'ils sont si contents quand ils voient ma photo dans les journaux. Moi, je suis la preuve que malgré tout ce qu'ils ont fait, toutes les choses qu'ils ne peuvent pas accepter, ils peuvent encore se considérer du côté des bons. Ça les soulage.

— T'as tout compris ça, toi ! repris-je d'un air sceptique.

— Je le sais, Frank, parce que moi aussi, j'ai toujours pensé comme ça. Mon père disait que dans la vie, il y a rien de gratuit. Et moi, je l'ai toujours cru. Sauf que ce qu'il avait pas l'air de savoir, mon père, c'est que la vie, elle, est gratuite ! C'est drôle : on dirait que personne le sait, et pourtant, personne va pouvoir dire le contraire ! Quand je recevais des coups de règle ou des coups de ceinture, j'avais ce que je méritais. Toi, mon petit Frank, quand tu travaillais fort fort et que t'avais des bonnes notes à l'école, tu avais ce que tu méritais. Mais la vie, elle, on l'a pas méritée ni l'un ni l'autre : on l'a juste eue. Tu trouves pas ça écœurant ? Moi, je pense que c'est ça que j'ai jamais réussi à digérer. Mon père aussi, je crois bien. Et quand on digère pas que la vie est gratuite, on a le choix : ou bien on essaie toute notre vie de la *mériter* —

ce qui est impossible —, ou bien on est incapable d'en profiter, alors on la gaspille. Et c'est ça que la fille essayait de me dire dans mon rêve. C'est pour ça que le pardon du gouverneur, je m'en sacre comme de l'an quarante. L'essentiel, c'est que quelqu'un, quelque part, pourrait peut-être avoir à m'offrir bien plus que ce que le gouverneur peut me donner. Et qu'on me l'a peut-être déjà donné.

— Bob, cette fille-là n'existe pas.

— Non, je le sais, Frank, je le sais. Cette fille-là existe pas *en dehors de moi*.

Il changea subitement de ton.

— Le pardon du gouverneur, Frank ! Ça me fait une belle jambe ! Cette nuit, *moi*, je me suis pardonné. J'ai fait des choses abominables, Frank, mais aujourd'hui, à cause du regard de la fille, cette nuit, je commence à croire que je pourrais avoir le droit d'exister *quand même*.

Cette phrase me parut si monstrueuse de la part d'un violeur et d'un tueur que je sortis sur-le-champ.

Dieu, c'est par où ?

«Et le problème de la souffrance, quoi qu'il y paraisse, n'est pas la première cause de la révolte de l'homme contre Dieu.»
(YVES GIRARD)

— Pardon mon brave, c'est bien la mort, ici ?

— Tout à fait. Vous y êtes.

Je regarde autour de moi, dépité.

— Il n'y a pas grand-chose, il me semble.

— Oh ! Vous savez, la mort, c'est grand ! Vous avez tout le temps d'explorer.

— Je voudrais surtout voir Dieu.

— Ça viendra en son temps, j'imagine.

— En son temps ? Mais je suis mort ! Il me semble que s'il y a un temps, c'est bien maintenant.

— Ce n'est pas si simple. D'abord, vous n'êtes pas si mort que ça : vous me parlez.

— Ne jouez pas au plus malin. Vous savez très bien que je suis mort : vous me l'avez dit d'emblée.

— Oui, mais enfin, avouez que s'il y a une vie après la mort, la mort n'est plus tout à fait la mort.

Je continue de regarder autour de moi. Il n'y a presque rien. Un long chemin gris et vague, rien sur les côtés, pas de paysage, et cet hurluberlu avec un chapeau de paille qui semble aimer se payer de mots.

— Alors, Dieu, c'est par où ?

— Vous avez l'air déçu.

— Un peu, que je suis déçu. Tout ça n'a rien à voir avec ce qu'on m'avait promis.

— On vous avait promis des choses ?

— Oui, et d'abord, que je verrais Dieu !

— Allons, allons, allons, ce n'est pas tout le monde qui voit Dieu, comme ça, dès qu'il a mis le pied dans l'au-delà !

— Pas tout le monde, pas tout le monde, je vous crois bien, mais justement, je ne suis pas tout le monde, moi !

— Personne n'est tout le monde.

— Vous recommencez ! Ne me cherchez pas : je pourrais être meilleur que vous à ce petit jeu.

— Meilleur ?

— Meilleur, oui, c'est le maître mot !

— Et ce maître mot a sans doute quelque chose à voir avec le fait que vous n'êtes pas tout le monde ?

— Exactement !

— Alors ! Parlez-moi de vous.

— Pourquoi à vous ? Et d'abord, vous êtes qui ? J'ai droit à Dieu, j'ai assez trimé pour y arriver, j'arrive ici avec un parcours sans faute, je n'ai pas de temps à perdre avec un quidam qui se trouve nulle part comme vous.

— Un parcours sans faute ? Vous ? Vraiment ?

— Parfaitement, monsieur ! Sans faute.

— Eh bien ! Cela n'a pas dû être facile.

— Non, en effet. Gros contrat, la vie. Mais j'arrive indemne.

— Indemne ? C'est que... vous y êtes mort, dans cet accident. Vous y avez laissé votre peau, si vous me permettez.

— Je le sais bien. Je voulais dire *indemne* au sens étymologique !

— Étymologique ?

— Parfaitement, étymologique !

— C'est qu'on a des lettres.

— De fait.

— Toutes vos connaissances ne vous serviront de rien,
ici. Vous le savez, ça.

— Assurément. Je sais tout ça.

— Néanmoins, indemne au sens étymologique, ça
veut dire... ?

— Non damné, pardi !

— Oh ! oh ! Il est peut-être un peu tôt pour vous prononcer là-dessus.

— Non.

— Et puis, depuis quand on se juge soi-même ?

— Il faut un juge, certes, et je le cherche justement.
Mais on n'a pas besoin d'un juge pour savoir si on est
coupable.

— Oh ! Vu comme ça, vous avez sans doute raison.

— On peut le voir autrement ?

— On n'est jamais coupable, c'est bien connu. Cela
n'empêche pas qu'on puisse causer son propre malheur
sans le savoir. Étymologiquement, se *con-damner*...

— Sans même le savoir !

— Sans même le savoir.

— C'est ridicule !

— C'est la vie.

— Mais je suis mort.

— C'est la mort aussi. Il n'y a pas tant de différence que vous croyez entre les deux.

— Alors, j'aurais tout fait ça pour rien ?

— Tout fait quoi ?

— Enfin, tous mes sacrifices, tous mes efforts...

— Mon pauvre ami, vous attendiez la mort pour en profiter ?

— ...

— Et maintenant que vous avez succombé à cet accident...

— Ne venez jamais me dire que j'ai succombé à quoi que ce soit, monsieur, ce serait un mensonge ignoble !

— Vous n'avez pas succombé à vos blessures ?

— Ah ! ça, c'est différent. Mon heure était arrivée, je me suis soumis à la volonté de mon Créateur. Car autrement, je n'ai jamais *succombé* durant ma vie, et j'en suis fier.

— Avouez qu'on vous a aidé un peu.

— Comment ça ?

— Vous êtes mort à quarante-deux ans.

— Et alors ?

— La plupart des gens meurent autour de quatre-vingts, de nos jours, vous le saviez ?

— Et alors ?

— C'est deux fois plus que vous, ça. Deux fois plus de temps pour tomber.

— Ce n'est pas ma faute. Est-ce moi qui ai choisi le moment de ma mort ? Non ! Il y a sûrement des raisons à tout cela, je ne veux pas les savoir, ça ne relève ni de vous ni de moi. D'ailleurs, vous ne pouvez plus me retourner en bas, il est trop tard. C'est la vie, comme vous dites. Le fait est que j'ai un parcours sans faute, j'ai gagné la partie, alors j'ai droit à mon dû : Dieu.

— Mais pourquoi tenez-vous tant à voir Dieu ?

— Ça me semble évident : pour lui rendre des comptes ! Il ne doit pas en voir souvent, des sans faute comme moi.

— En effet, des sans faute, on n'en voit pas souvent. Racontez-moi ça un peu.

Ce type m'impatiente. On voit bien qu'il a l'éternité devant lui. Moi aussi, mais moi, je ne suis pas habitué. En revanche, je ne déteste pas l'idée de lui raconter ma vie sans faute. Cela me servira de répétition.

— Bon. Alors, pour commencer, je n'ai jamais commis de génocide.

— Oh ! Pas de génocide ? En effet, ça commence très bien.

— Bon, je sais, je ne suis pas le seul, mais quand même, quand on pense à certains dictateurs, on se dit que l'enfer n'est pas là pour rien, non ?

— En effet. Des fois, j'ai l'impression que c'est le principal rôle des tortionnaires.

— Quoi donc ?

— Vous donner bonne conscience.

— Vous n'êtes pas drôle.

— Je ne ris pas. Alors, bon, pas de génocide, c'est entendu. Ensuite ?

— Je n'ai tué aucun enfant.

— De mieux en mieux.

— Je sens que vous n'avez pas envie d'être impressionné.

— Ce n'est pas la question. Mais avouez qu'il y a d'autres vertus que le non-meurtre.

— Oui, mais quand on lit les journ... Bon, d'accord, d'accord. De toute façon, j'ai fait mieux que ça : je n'ai jamais trompé ma femme.

Son regard change.

— Jamais trompé votre femme ?

— C'est moins courant, ça, non ?

— Je comprends que vous soyez soulagé d'être mort si tôt.

— Dites donc, vous faites exprès ou quoi ?

— Écoutez, vous êtes mort, maintenant. Si vous cherchez une galerie à épater, ce n'est pas ici que vous la trouverez. Au ciel, les apparences n'ont plus les mêmes dehors.

— Cela veut dire quoi, ça ?

— Cela veut dire ce que cela veut dire. Vous avez quitté votre corps matériel. Or, il est difficile d'impressionner les gens quand ceux-ci voient directement à travers vous.

— Ça dépend qui.

— Moi, par exemple.

— Non, je veux dire : ça dépend de qui on regarde, pas de qui regarde. Je n'ai peur ni de vous ni de votre regard. Vous voyez à travers moi, soit. Je suis blanc comme neige, je ne crains pas les tribunaux. Posez-moi les questions que vous voulez, regardez-moi sous les coutures que vous voulez, faites les enquêtes qu'il vous plaira. Je n'ai rien à cacher. Toute ma vie, je l'ai consacrée à mon Créateur. J'ai fait tout ce qui est prescrit. J'ai vécu dans l'attente de ce moment précis, je n'ai rien à me reprocher et je n'ai rien à cacher. Bien au contraire !

— Bon, alors...

— Alors... Dieu, c'est par où ?

— Il faut le trouver.

— Encore ? !

— Eh ! je vous l'ai dit : la mort n'est pas la fin de tout. C'est un peu comme une élection, en quelque sorte : le changement dans la continuité.

— Et vous, vous êtes qui ?

Il a disparu. Quelle cloche. J'ai tout raconté cela pour rien.

Il n'y a qu'un chemin. Reste à savoir dans quelle direction le prendre. Droit devant moi, c'est ce qui me semble le plus logique. J'ai toujours marché droit, de toute façon.

Quand je pense à ceux qui meurent à quatre-vingts. Il n'a pas tort, le bonhomme, je n'aurais peut-être pas pu tenir si longtemps. Il n'empêche, la plupart des gens ont fauté bien avant quarante ans, de toute façon. Après, on a beau se racheter, ce ne sera jamais pareil.

Je serais curieux de savoir quel pourcentage de gens arrivent au ciel comme moi.

C'est tellement désert ici. Ça fait froid dans le dos. Et si j'étais le seul ? Ce ne serait pas étonnant. Mais ce ne serait pas très gai non plus.

« Ce ne serait pas étonnant » ! Qu'est-ce que je raconte ! Un peu d'humilité, Roch, que diable ! Il y a sûrement une explication simple à cette solitude.

Tiens, mais qui va là ?

— Benoît ? ! Qu'est-ce que tu fais ici ?

— Roch ! Salut vieux ! Alors, comment tu trouves la fête ? On s'amuse ferme, non ?

— La fête ? Quelle fête ? Il n'y a que toi et moi ici !

— Oh !

Ma réponse l'a surpris, étonnamment mais manifestement. Il me regarde comme on regarde un fou qu'on n'ose pas contredire. Je scrute encore les environs, et je peux le jurer : il n'y a rien, rien de rien, rien ni personne. Qu'une route grise, une sorte de brouillard pas froid et même pas de ciel. Et surtout pas de fête.

Pourtant, le bougre a bel et bien l'air de s'amuser. Il rit, salue des gens invisibles...

Mais ce qui m'intrigue encore plus, c'est qu'il soit ici. Je ne vous raconte pas comment il a passé sa vie, celui-là. En un mot : pas le genre de gars que je m'attendais à croiser sur la même route que moi au sortir de la vie.

— Bon, on se revoit plus tard alors !

Il a l'air de s'en aller, le drôle.

— Pas si vite, Benoît !

— Oui ?

— Tu... tu vois vraiment des gens autour de nous ?

Il me regarde d'un air attendri. Si je ne l'avais pas connu en bas, je dirais même avec une sorte d'amour. Très bizarre sensation. Mais surtout, une grande angoisse m'étreint :

— Et... Dieu, Dieu, il serait là aussi ?

Que je sois venu, que Dieu soit là et qu'il me soit impossible de le voir, voilà qui me paraît inadmissible, pour ne pas dire infernal.

— Dieu est toujours là. Tu ne l'as pas vu ?

— Non. Je le cherche depuis que je suis ici.

— Dommage, car il veut te voir.

— Dieu veut me voir ? Bon sang ! Pourquoi ne pas me l'avoir dit plus tôt ?

Il pousse un soupir. Pas de découragement. Plutôt d'appréhension.

— Bon, écoute : tu vas devoir t'adresser à un portier.

— Un portier ? Il y a des portes, ici ?

— Trouve un portier.

Et il s'en va. On dirait qu'il danse. Que faisait-il donc sur ma route, l'animal ?

Un portier, maintenant. Je dois trouver un portier. Comment reconnaît-on les portiers, ici ?

* * *

— Excusez-moi, vous êtes portier ?

— Si on veut. Vous avez une porte à ouvrir ?

— Non.

— Alors pourquoi cherchez-vous un portier ?

— On m'a dit qu'il me fallait un portier pour trouver Dieu.

— On vous a fait marcher. C'est une blague très courante ici.

— Une blague ? !

— Enfin, pas tout à fait, mais un peu. Vous ne la trouvez pas drôle.

— Je devrais ?

— Vous faites toujours ce qu'on vous dit de faire, vous.

— Je ne devrais pas ?

— Calmez-vous.

— Je veux voir Dieu. J'ai fait tout ce chemin pour le voir.

— Tout ce chemin ? Ce n'est pas bien fatigant : vous êtes un esprit.

— Mais j'ai commencé bien avant de mourir.

Un doute me saisit à bras-l'âme.

— Dites donc...

— Quoi ?

— Dieu...

— Quoi, Dieu ?

— Ce ne serait pas une blague, ça aussi ?

— Vous voulez rire !

— ...

Je me sens tout mal par en dedans. Douter de l'existence de Dieu ! Voilà un péché épouvantable. Il a fallu que je me rende au ciel pour le commettre. Je sors mon chapelet.

— Est-ce que les péchés, ça compte après la mort aussi ?

— Un péché, c'est un péché.

— Douter de l'existence de Dieu, c'est un péché, non ?

— Bof, vous savez, Dieu lui-même, parfois, doute de l'existence des hommes !

— ...

— C'est une blague ! Que faites-vous avec ce machin ?

— C'est mon chapelet. Pour expier ma faute.

— Quelle faute ?

— J'ai douté de son existence.

— Et maintenant, vous en doutez encore ?

— Je ne sais pas : vous ne m'avez pas répondu.

— À quelle question ?

— Si Dieu était une blague.

— C'est assez embêtant.

— Je sais, cette question a toujours été embêtante.

— Non, c'est ma réponse qui est embêtante.

— Pourquoi ?

— Eh bien : supposons que je vous confirme que Dieu n'est pas une blague.

Je pousse un soupir de soulagement.

— Attention, attention, j'ai seulement dit : « supposons ».

— Alors ?

— Alors, vous aurez une confirmation.

— Oui, c'est justement ce que je vous demande.

— Oui, mais si vous avez une confirmation, vous ne ferez plus acte de foi. Croire, c'est croire sans voir.

— ... Non, ce n'est pas pareil : si vous me dites que Dieu existe... je ne l'aurai toujours pas vu, donc, j'y croirai sans le voir.

— Si vous me croyez, moi.

— Oui.

— Or, ce n'est pas en moi que vous devez croire : c'est en Dieu.

— Mais enfin... vous devez le savoir, non ?

— Supposons que je le sais. J'ai bien dit : « supposons ». Et supposons aussi que vous savez que je le sais. Alors, c'est exactement comme si vous aviez une preuve.

— C'est ça.

— Et encore là, il n'est plus question de foi.

— Zut.

— Si, par contre, vous n'êtes pas certain que je connaisse la vraie réponse...

— ... votre réponse ne me sera d'aucun secours.

— Exactement ! Voilà pourquoi ma réponse est embêtante. Ou elle ne vous avance à rien, ou elle vous damne
parce qu'elle vous prive du privilège de la foi.

— Alors que faire ?

— Ne comptez pas sur les autres pour vous dire si
Dieu existe.

— Mais je veux le voir ! Je suis mort pour cela !

— Vous seriez-vous suicidé ?

— Pas le moins du monde.

— Donc, vous voulez dire : « J'ai vécu pour cela. »

— Vécu, vécu... c'est bien vite dit. Vous appelez ça une
vie, vous, toujours réprimer ses élans, ses envies, toujours se dire non ?

— Écoutez : Dieu vous a donné la vie, vous aviez le
droit d'en faire ce que vous vouliez. Vous n'allez tout de
même pas venir vous plaindre après !

— Je ne pouvais pas tant que ça en faire ce que je voulais.

— Si, vous pouviez, la preuve, c'est que vous l'avez fait.

— Pas du tout. J'ai fait les choses comme je les ai faites
parce que je *devais* les faire ainsi, pas parce que je *voulais*
les faire ainsi.

— Oui : vous avez *voulu* faire ce que vous *deviez* faire.
Vous avez même *tenu* à le faire.

— Mais bien sûr ! Si j'avais fait autrement...

— Qui sait ce qui se serait passé ?

Une sorte de vibration s'empare de moi. *Et si j'avais fait
autrement... qui sait ce qui se serait passé ?* Cette pensée m'at-
tire et me répugne tout à la fois. Elle parcourt mon être
dans tous les sens.

— Il faut que je le voie ! Où est-il ?

— La question n'est pas de savoir où il est. Elle est de savoir si vous le verrez.

— Si vous voulez. Alors, je peux le voir ?

— Vous avez l'air pressé.

— J'ai hâte de lui rendre des comptes.

— Ah ?

— Eh oui. C'est que, voyez-vous, je suis sans faute.

— Vous êtes sans faute ?

— Je suis sans faute.

— Alors ça change tout !

— Bon !

— Si vous êtes sans faute, il vous est impossible de voir Dieu.

— Je vous demande pardon ?

— Il est impossible de voir Dieu quand on est sans faute.

— Mais, mais, mais... Mais pourtant, on m'a dit...

— On vous a mal informé.

— Mais c'est ridicule !

— Ce n'est pas ridicule, c'est comme ça. Si les façons de faire de Dieu sont ridicules, vous êtes ridicule vous aussi, car vous êtes sa créature ; ne l'oubliez pas.

— Sa créature, et il me renie !

— Écoutez, vous en êtes rendu à reprocher à Dieu de renier un homme. Il y a quelque chose qui cloche, vous ne trouvez pas ?

— Je n'ai rien qui cloche ! J'ai toujours tout fait comme il faut ! J'ai souffert toute ma vie ! J'ai réprimé toutes mes envies, j'ai toujours demandé pardon quand c'était le temps, je me suis sacrifié pour les autres, je n'ai jamais donné de jambette à personne, je n'ai jamais rien volé, jamais tué, jamais menti, j'ai pris soin de mes enfants, j'ai toujours été honnête au travail, je n'ai jamais pris de drogue, j'ai prié sept fois par jour, je ne me suis jamais saoulé, je n'ai convoité aucune autre femme que la mienne, j'ai toujours payé mes impôts, j'ai aidé les pauvres, je n'ai jamais jugé personne, je n'ai jamais parlé dans le dos des gens, j'ai toujours tenu parole, je n'ai jamais triché aux cartes, je me suis occupé de mes vieux parents, j'ai fait des dons de charité à profusion, j'ai tendu l'oreille, j'ai tendu la main, j'ai tendu l'autre joue, j'ai eu mal, mal, mal, j'ai souffert en silence, je n'ai rien fait de mal, rien, je vous dis, j'ai mérité mon ciel, je n'ai pas fait tout cela pour rien, ce n'est pas vrai, vous n'avez pas le droit de changer les règles du jeu à la fin, c'est injuste, je veux voir Dieu, je l'ai mérité, j'ai droit à ma récompense !

— Votre récompense ?

— Ma récompense.

— C'est-à-dire… ?

— Voir Dieu dans toute sa gloire !

— Hmm… Voyez-vous, c'est que techniquement, il y a un petit problème.

— Lequel, encore ?

— Vous semblez plutôt vouloir que Dieu vous voie dans votre propre gloire. Ça ne marche pas comme ça.

— Je n'ai pas le droit d'être fier !

— Vous avez le droit. Dieu vous a fait libre. Il vous a donné toutes les libertés. Mais vous ne pouvez pas voir Dieu dans votre état.

— Si je comprends bien, Dieu m'a donné toutes les libertés, sauf celle de le voir, c'est ça ? Vous appelez cela être libre, vous ?

— Écoutez : même Dieu ne peut pas fabriquer une porte qui soit à la fois ouverte et fermée. Le soleil se lève tous les jours, tout ce qui monte redescend, un sourd ne peut pas entendre les oiseaux et vous ne pouvez pas voir Dieu dans votre état.

— Qu'est-ce qu'il a, mon état ? Vous voulez dire quoi, là ? Il aurait mieux fallu que je me traîne dans la boue, que je fasse comme tout le monde, comme mes voisins, comme les autres, que je fasse n'importe quoi, que je ne fasse pas d'efforts...

— Vos voisins n'ont pas fait d'efforts ?

— En tout cas, ils n'ont pas réussi comme moi.

— Tous les gens qui sont là, vous croyez qu'ils n'ont pas réussi comme vous.

— Qui, ça, tous les gens qui sont là ?

— Ici, autour de nous, tous ces gens qui nous écoutent.

— Ne vous foutez pas de ma gueule vous aussi. Il n'y a personne ici. D'ailleurs, j'aimerais bien que vous m'expliquiez cela.

— Vous les verrez bientôt ; du moins je vous le souhaite.

— Mais je ne veux pas les voir ! Je veux voir Dieu !

— Drôle d'affirmation. Dieu n'est pas une sorte d'abstraction comme vous semblez le croire. Il n'y a pas « Dieu » d'une part et « le monde » d'autre part. Comment pourrez-vous voir Dieu sans voir les êtres dans lesquels il se manifeste ?

— Voyons ! Je... j'aime mon prochain, ne vous méprenez pas...

— Vous ne les aimez pas. Vous les méprisez.

— Je... mais non ! Qu'allez-vous imaginer là !

Il ouvre son pardessus. Il y avait un micro à la boutonnière, que je n'avais pas remarqué. Et en bandoulière, sous le manteau, un magnétophone.

Il est calme. Il rembobine puis fait jouer la bande.

Je réentends toute notre conversation. J'ai du mal à reconnaître ma voix. Mais aussi et surtout, j'ai du mal à reconnaître mes propos. Est-ce bien moi qui ai dit cela ? Est-ce bien cela que j'ai dit ? J'entends, stupéfait : « Je suis sans faute... Je ne veux pas les voir... »

Je sens un drôle de bouillonnement à l'intérieur de moi. Quelque chose se prépare. Je tente de résister, mais je sais rapidement que ce serait en vain. Soudain, un éclair surgi de nulle part me happe et me transperce. Sous le choc, je tombe à genoux.

Lucidité ! Aveuglante, brûlante, foudroyante.

Irréversible.

Mon interlocuteur est resté debout devant moi. Je n'ose lever les yeux, incapable d'affronter le sourire du vainqueur. Je reste là, face contre terre, noyé dans ma propre présomption, qui continue de couler à flots de son magnétophone. Il n'arrête pas l'appareil. Il me tient. Je suis paralysé par les propos grinçants qu'il m'impose.

Après une longue prostration, je me décide à lever la tête vers lui. Ce sera le coup de pied au visage.

Mais non. Pas de coup de pied. Pas même de sourire narquois. Un regard dont la douceur m'est étrangère.

Me choque surtout. M'insulte même.

Et dès qu'il voit mes yeux, il arrête le ruban.

— Dis-le.

Ce n'est pas un ordre, c'est un conseil. C'est une porte qu'il m'ouvre.

— Dis-le.

Il a répété. Moi qui ne fais jamais répéter les gens : je comprends toujours du premier coup, et je fais ce qu'ils disent. Il a répété pour moi. Moi qui ne tolère pas qu'on me fasse répéter.

J'essaie, je voudrais bien, mais je n'y arrive pas. C'est au-dessus de mes forces.

— Dis-le.

Troisième prise. Retiré.

J'ai perdu. Tout cela pour rien. Toute cette vie — toute cette mort pour rien. J'ai toujours tout fait ce qu'il fallait, toujours tout fait ce qu'on me demandait ; j'arrive ici, on me donne une simple consigne, une toute petite consigne de rien du tout, et j'échoue. De toute façon, j'ai eu tout faux depuis le début.

Ce sera l'enfer à coup sûr. Il doit y avoir une trappe, juste sous moi. Il doit avoir le doigt sur le bouton. Je l'aurai mérité.

— Allez, dis-le.

Une quatrième fois. Une quatrième fois ? Serait-ce l'éternité qui commence ? Comment peut-on faire quatre prises ? Que se passe-t-il ici ? Où suis-je enfin ? Qu'est-ce qu'il fait, au juste ?

Il s'agenouille devant moi. Il n'a pas le droit de faire ça. Je n'ai pas le droit qu'on me traite ainsi.

C'est trop. Cette tendresse me frappe de plein fouet. Mais je ne la reçois guère ; mon bouclier me semble lourd et ridicule.

— Allez, Roch, dis-le.

Sa voix devrait se durcir : mais non, sa gorge se noue en même temps que la mienne.

Je casse. Je m'effondre, je hurle. Jamais sanglots n'auront résonné si loin. C'est toute mon âme qui s'échappe par mes cris et qui vole aux quatre coins des temps, plus personne ne me regarde, plus personne ne peut plus me juger, il n'y a plus que moi, moi et ma peine, moi et mon échec, moi et mon impardonnable arrogance.

Et lui, le portier, avec son incompréhensible présence. Sa présence malgré, sa présence avec. Et sa patience, insoutenable, révoltante, inconcevable.

Qu'il s'en aille, qu'il s'éloigne, qu'il aille chercher ailleurs l'ouaille parfaite, celle-ci n'était pas la bonne ! Qu'il cesse de perdre son temps avec moi, c'est une insulte à Dieu, qu'il reprenne la quête, je suis disqualifié, et moi qui ne l'ai jamais su, jamais même soupçonné, c'est d'autant plus minable, et tout le monde, tout le monde sans doute qui le savait, tous ceux qui m'ont vu, tout le monde qui a entendu mes rodomontades, assisté à ma fieffée bigoterie, souffert sous mes grands chevaux, tout le monde le savait déjà, sans rien me dire ; c'est ainsi que j'ai vécu ma vie, comme le pauvre sot d'une pièce de Molière dont toute la salle rigole sans qu'il s'en aperçoive pendant qu'il persiste et signe dans ses comportements grotesques.

Voilà ce que j'ai été : un Polichinelle qui s'ignore. Tous

les Polichinelle s'ignorent. Je le savais déjà. Tout le monde le sait.

Ce que je ne savais pas, c'est que j'en étais un.

Mes sanglots m'ouvrent la porte sur l'éternité. Je n'en ai que faire.

Je suis seul.

Ou plutôt je crois l'être. Car il est encore là, inexplicablement. Il répète, d'un ton doux et patient :

— Allez, dis-le.

Privé de toute autre issue, la voix brisée, je réponds à cette demande par l'aveu libérateur qu'elle appelle :

— C'est vrai : je les méprise.

Aussitôt, tout le monde apparaît autour de moi. Ils sont des centaines, peut-être des milliers. Ils ont presque tous un verre à la main, il y a de la musique, on danse là-bas, on se croise ici, on parle, on rit.

Je reconnais plein de gens. Ils ne sont pas comme sur terre... Curieusement, alors que ce ne sont vraisemblablement que des âmes, ils me paraissent incarnés pour la première fois. Incarnés au sens de réels.

Je les vois, je les vois bien.

Et pourtant, je ne suis pas avec eux.

— Portier...

— Oui ?

— Ils étaient là depuis le début ?

— Bien sûr.

— Ils me voient ?

— Comme tu les vois.

— Mais personne ne s'adresse à moi ?

— ...

Je ne suis pas sûr de vouloir entendre la réponse. En fait, je ne suis même pas sûr que je veuille qu'ils s'adressent à moi. Ces gens sont pleins de défauts. Certains mangent la bouche ouverte, d'autres ont des boutons, d'autres encore manquent de pudeur, de respect ou de bon sens. Je me prends à me demander ce qu'ils font là, pourquoi ils ne travaillent pas, depuis combien de temps dure tout cela, s'ils n'ont pas quelque chose à faire, s'ils ne seraient pas, par hasard, en train de passer impunément l'éternité à fêter. Plus je les regarde, plus ce laisser-aller me dégoûte. Non, je ne veux pas être avec eux.

Puis arrive ce petit garçon.

Je n'ai jamais été attiré par les enfants. Mais celui-ci n'est comme aucun autre, à mes yeux du moins. Car je le reconnais. Je le connais bien : ce petit garçon, c'est moi. Moi quand j'avais six ans.

Je l'observe se déplacer parmi les gens, en les sollicitant de ses grands yeux. Il dit des choses que je n'entends pas. Mais je sais.

Je sais tellement ce qu'il demande.

Peu importent les mots. Qu'il demande du jus ou sa maman, c'est toujours la même quête qui l'occupe.

Il s'approche de moi. Une boule se forme dans ma gorge, venue de si profond que je prends peur ; je me raidis. Il s'approche de moi. Il veut que je le prenne dans mes bras. Je le sais. Je le sais tellement. Je reste de marbre. Je ne sais pas pourquoi, tout mon être se durcit, cela se fait tout seul. Un réflexe, un vieux réflexe, si vieux...

Il me tend les bras. Je lui lance :

— Et tes devoirs ?

Il disparaît. Tout le monde disparaît. Je reste seul avec le portier.

Et moi qui croyais avoir déjà touché le fond.

— Comment ai-je pu ? Comment ai-je pu faire cela ?

— Comment aurais-tu pu faire autrement ?

Il ne me trouve pas abominable. Il ne trouve pas que je suis un monstre. Forcément, c'est qu'il en est un.

— Roch, tu veux toujours voir Dieu ?

— Allez au diable ! Vous savez bien que je ne le mérite pas ! Votre rôle était de me le faire comprendre !

Je n'ai pas fini mes paroles que quatre murs opaques tombent autour de moi. Une espèce de cachot. Pas de plafond, mais des murs très hauts.

Le portier me donne une bible, sort et ferme derrière lui.

— Je n'ai pas besoin de votre foutue bible ! Je la connais par cœur !

Je la lance sur le mur. Je regarde par terre.

Je suis ébranlé, démoli, en mille morceaux. La pensée de mon mépris, de mon arrogance, de ma dureté me saisit et m'habite tout entier. Je brûle et suis de glace tout à la fois.

La nature du lieu ne fait aucun doute. Je suis au purgatoire, c'est évident.

Pour combien de temps ?

Longtemps. C'est obligé. Pourrai-je jamais expurger mon mal ?

Des nuages de fantômes flottent autour de moi. Tous les gens que j'ai connus, que j'ai frôlés, il y en a trop, tous les « non » que j'ai dits, jamais avec ma bouche, mais par mon corps, par mon absence, par l'absence de mon être, par ma hauteur.

Tous les « non » que j'ai dits, y compris à moi-même.

* * *

J'appelle le portier. Il vient.

— Depuis combien de temps suis-je là ?

— Seul le temps intérieur compte.

— Qu'est-ce que c'est, le temps intérieur ?

— Depuis combien de temps es-tu ici ?

— Verrai-je Dieu quand je sortirai ?

— C'est le but de l'exercice.

— Quand ?

Il s'en va.

Je saisis toute la longueur du mot *solitude*. Ne pas savoir quand, voilà la solitude.

* * *

J'appelle le portier. Il vient.

— Depuis combien de temps suis-je ici ? Ai-je assez souffert ? Ai-je mérité de voir Dieu ?

Il s'en va sans mot dire.

De toute évidence, je n'ai pas assez souffert. Quelle prétention j'ai eue, encore, d'espérer le contraire ! Une vie entière à m'éloigner de Dieu, et je m'en sortirais si facilement ? Combien de temps ? Combien de souffrances ? Je ferai ce qu'il faut.

* * *

— Portier, depuis combien de temps ?

— ...

— Encore combien de temps ?

— ...

— Ai-je assez souffert, est-ce que je suis digne de voir Dieu ?

Il repart sans dire un mot.

Je dois trouver le meilleur moyen d'expier. Dans l'humilité, Roch, d'abord l'humilité. Patience, aussi, c'est une autre vertu.

Je fais venir les gens que j'ai connus sur terre.

Un à un, ils viennent. Un à un, je leur demande pardon. Un à un, je vois leur douleur, la souffrance que je leur ai fait vivre, et je la ressens comme autant de poignards, de flammes ou de plaies vives. Un à un, je les vois hésitants, méfiants, sceptiques devant mon repentir. Je les supplie de me réhabiliter. Certains repartent toujours froids. J'ai mal.

* * *

— Portier, depuis combien de temps ? Ai-je mérité mon ciel ?

Il repart en silence.

Il faut faire plus. Gagner le pardon de tout le monde. Je fais revenir les plus récalcitrants, je leur fais mille promesses, proteste de ma bonne foi.

Ils ne comprennent pas pourquoi j'y tiens tant. Mais je n'épargne aucun effort.

— Portier ! Ai-je mérité de voir Dieu ?

Il reste muet et tourne les talons.

* * *

Tout ce cortège de gens devant qui je me suis humilié et repenti... ce n'était donc pas suffisant ? Ou alors, je cherche du mauvais côté. Je sais : la prière ! C'est prier qu'il faut. Je dois tourner mon âme vers Dieu, ne penser qu'à lui, le prier jour et nuit ! Avec cœur et fidélité !

J'entame mon chapelet.

Je compte bien cette fois ne pas rater mon coup. Combien me faudra-t-il de prières, combien de chapelets ? Peu importe la réponse qui me paraît la plus plausible : je la double, puis je la triple !

J'ai perdu le compte. J'en ai sans doute fait plus encore qu'il ne le fallait. Mais qu'à cela ne tienne, je veux être net : j'en rajoute.

Je ne m'arrête qu'à bout d'énergie. Je fais venir le portier d'une voix faible.

— Portier, j'ai fait la paix avec tout le monde ; j'ai prié de tout mon cœur et de toute mon âme jusqu'à épuisement. Me suis-je enfin racheté ?

Le portier tourne les talons sans rien dire.

— Attendez ! Attendez ! S'il vous plaît ! Dites quelque chose ! Dites-moi ce que je dois faire ! Qu'est-ce qui me manque ? Quand en aurai-je fait assez ? Qui ne m'a pas encore pardonné ? Combien de prières me manque-t-il ? Quel défaut me reste-t-il à corriger ? Y a-t-il un espoir que je me rédime un jour ?

Il est parti.

Je n'en ai pas encore fait assez. Je regarde autour de moi. La Bible ! Bien sûr ! Et c'est lui-même qui me l'avait donnée !

Je me plonge dans l'étude du livre saint. Je la lis deux fois, trois fois. Je la médite, je médite chacune de ses paroles.

L'éternité est longue et sèche.

*   *   *

J'appelle le portier. Il vient, infaillible.

— Portier, j'ai lu la bible que vous m'avez donnée. Plusieurs fois. Elle n'a plus de secrets pour moi : les ouvriers de la dernière heure, la femme adultère, l'enfant prodigue, posez-moi toutes les questions qu'il vous plaira, je connais tout cela.

— Il y a une autre façon de connaître, que tu ne connais pas encore.

Il s'en va.

Je m'effondre. J'ai épuisé toutes mes ressources. Il ne me reste donc plus qu'à purger, encore et toujours.

Je médite. Je pense à mes mauvaises actions. Je m'en écarte le moins possible. Surtout pas de complaisance. Je reviens sur mon arrogance. J'en demande pardon. Mille fois pardon. Un million de fois. Un milliard. Mais plus j'en rajoute, plus je m'enfonce : comment renchérir dans un rapport avec Dieu ? Quel chiffre fera un jour le poids devant l'Infini ?

* * *

Toujours après une longue suite d'efforts de rémission, j'appelle le portier; toujours il vient, fidèlement. Toujours je lui demande si j'en ai assez fait. Toujours il reste silencieux. Puis, un jour, j'entends sourdement sa voix derrière la porte :

— Comment un milliard de pardons peuvent-ils valoir plus qu'un seul ?

Épuisé, je tombe dans un profond sommeil.

* * *

Combien de temps serai-je resté ainsi sans pensée, sans réflexion, sans contrition ? Combien de temps à rattraper ?

Je me tourne sur le dos. Il n'y a pas de plafond. On voit le ciel, le soleil.

Le soleil. Il est là. Depuis toujours. Comme il était là le jour de ma naissance, sans que jamais je n'aie eu à le demander. Le soleil que je n'ai jamais *mérité*.

Et soudain je comprends.

— Portier !

— ...

— Ça y est, j'y suis ! J'ai compris ! C'était si simple ! Si simple que j'ai honte de ne pas y avoir pensé avant !

Il tourne les talons.

Mais cette fois, je sais pourquoi. La honte. Il a raison, je ne suis toujours pas prêt.

* * *

Je fais venir le portier. Je lui dis d'un ton joyeux :

— Tous mes efforts, toutes mes démarches, toutes mes prières, toute mon étude, tous mes examens de conscience... Je n'ai rien racheté, je n'ai rien mérité, n'est-ce pas ?

Il sourit.

— Non, en effet.

— Il aurait été prêt à me rencontrer dès le début, sans toutes ces mortifications, n'est-ce pas ?

Les quatre murs tombent et je vois Dieu.

Et je connais enfin le sens du mot *gratuit*. Révoltante révélation ! Impudente douceur de vivre !

Et parmi toutes les personnes qui, réjouies, assistent au spectacle au milieu de la fête, j'entends une voix qui murmure :

— Mais ça ne se peut pas, ce serait injuste et ridicule !

Un nouveau venu, sans doute. Je l'aime déjà.